The Temperamental Thread

How Genes, Culture, Time and Luck
Make Us Who We Are

真本性的影響力！

最新最震撼的心理學追蹤研究

小心你的「不由自主」：
出生90天後就跟定你一輩子的「天生氣質」

—傑若米・凱根 Jerome Kagan 著—
—許瀞予 譯—

瑪喬莉和麗莎這兩位女孩，同樣出生在充滿愛的小康家庭，且居住在擁有優良學區的寧靜社區。當她們剛出生4個月時，包括她們在內共超過450名的嬰兒，一同接受了凱根實驗室的研究計畫：追蹤從嬰兒時期到成年後的「氣質」。

研究人員拿著玩具在嬰兒眼前移動，從麥克風傳出聲響，將紗布沾上稀釋過的酒精後放在鼻子下方，面對這些並不太嚇人的實驗，瑪喬莉露出痛苦表情，並從椅子上坐直，哭得呼天搶地，而麗莎卻是手腳保持靜止不動，甚至偶爾還發出聲音和笑容。

為何瑪喬莉和麗莎所表現出的反應有如此大的差異呢？

真相就在出生時就有的「天生氣質」。

這種與生俱來的「真本性」，到底影響力有多深遠？又影響了什麼呢？

接下來，更多最新最震撼的氣質研究，將挖出你的真本性。

目次

Contents

導讀／理查・戴維森（Richard J. Davidson）
腦神經科學權威，曾獲選《時代雜誌》２００６年百大影響人物

讓哲學家與心理學家都著迷不已的「氣質」

這是一本探討「氣質差異」與行為因果關係的傑出著作。凱根以生物學和社會觀點觀察氣質，發現**人在嬰幼童時期出現的氣質差異是會影響往後的發展**。本書是美國近兩個世紀以來，最傑出的心理學家凱根，在他職業生涯中十分重要的研究。在科學分工十分專精的今日，我們很難得能看到如此驚人的跨領域綜合分析。

凱根的研究在氣質領域上佔有一席之地。他的分析令人信服的原因在於提出大量數據與規則。這種跨領域研究不僅讓讀者享受閱讀樂趣，同時也引領這方面的研究向前邁進。氣質領域的研究讓我們思考人類各種情感的反應。書中提到嬰幼童時期所觀察到的氣質有某部分是來自於遺傳，這項說法最近已經獲得證實。此外，也有證據顯示氣質的

某些面向會保持穩定狀態。

人類遇到情感上的挑戰時所呈現的反應，可能是「情緒」領域中最重要的課題。不管是嬰幼童還是成年人，對生活中的批評與攻擊反應截然不同。如同書中說明，氣質差異以及其他情緒特質，是瞭解人類性格與精神疾病最重要的關鍵點。為什麼有人遭逢厄運後從此一蹶不振，有些人卻能東山再起，原因就在於氣質的差異。因此，氣質研究是解開許多問題的鑰匙，也是這些年讓哲學家與心理學家如此著迷的原因。

大腦被父母親的教養方式操控？

如同凱根提出：氣質差異所影響的不只是大腦功能，還包括身體（脖子以下）的生理機制模式，像是自主神經系統、內分泌系統與免疫系統。每種系統和大腦之間都會產生雙向溝通。大腦會影響這些系統的功能，而這些系統不同的運作模式也會反饋至大腦，進而調整大腦的活動力。

有些研究發現，某些身體病痛與特定氣質之間，出現微小卻有系統的關係。換言之，某些特殊氣質的神經系統對生理機制會產生極大的影響力，導致人更容易產生某些疾病，例如過敏。本書將以生物學重新審視人類的「心智」，看大腦以何種方式影響身體健康。

120年前，詹姆士（William James）所著《心理學原理》（The Principles of Psychology）的序言中提到，「大腦是最接近人類所有心智活動的器官」，該書所有原理都是圍繞著這項主張闡述。

當時詹姆士強烈認為大腦對人類行為的影響力不可小覷，直到20世紀，科學家才發明非侵入性儀器檢視大腦狀態，以及調查特殊心智負荷下大腦的改變。這項科技發展促使心理學家與社會大眾更加推崇詹姆士的主張。任何行為上的差異一定是由大腦「造成」。換言之，既然沒有其他器官被視為行為的基礎，那麼我們就可以說大腦功能的變化絕對是影響行為的主要原因。

如果兩名兒童的氣質不同，大腦運作一定也大不相同。這也是為什麼我們會將此稱為「最可能」的原因。如果科技允許我們進入人類大腦並刺激與氣質相關的大腦迴路，那麼絕對能瞬間改變人的氣質。

事實上，某些科學文獻指出，若直接刺激大腦杏仁核（本書中對此部位有更詳細介紹），會讓個體瞬間產生恐懼感，相關的自主神經系統也會改變。目前已經有研究團隊藉由神經外科手術將電極植入大腦深處，以測量如「羊癲瘋」這種患者腦部所發出的電子訊號。這類發現協助科學家將杏仁核當成情緒迴路的重要結構，也測量最可能讓恐懼產生的原因。

在所有複雜行為中，大腦是最可能影響個體的心智活動。雖然我們已經瞭解這項資訊，但對於更深入的原因還是一無所獲。或許我們能用幾段文字就定義是何種重要的神經迴路會引起氣質差異，然而，卻仍然無法解釋大腦為何如此運作。在此，我們要強調兩項重點：

第一點：基於我們對氣質的瞭解（如本書所述），可以確定有些差異是由遺傳造成。氣質形成主要受許多基因影響。複雜的行為就如同人類複雜的疾病，必須由許多基因同時作用才得以產生影響力。

第二點：「神經可塑性」的重要。大腦是用來對外界事物作出反應與學習的器官。換言之，有許多事物能影響大腦，重塑大腦迴路，這對氣質十分重要。因此，父母對子女的態度會影響小孩的大腦發展。

透過在動物身上的實驗發現，母親對待子女的方式可以改變小孩的基因表現，這種基因改變會讓行為「永久變化」。凱根在書中提出與氣質有關的實證。如果小老鼠天生擁有嚴重的焦慮感，但出生後受到母親無微不至的呵護（在齧齒目動物世界中指的是時常舔小老鼠的清潔動作），小老鼠的焦慮感會因此降低。某些基因的表現代表的其實就是母親行為所降低的焦慮感。

再次強調，母親與小孩的互動行為會導致某些基因表現的改變，這種改變會讓小孩行為產生終身變化。上述主張表示，影響氣質的要素除了大腦外，「生活經驗」也扮演十分重要的角色。

本項研究的重要特點是，某些氣質在早期的徵兆能否被客觀測量。這些行為或心理上的徵兆在剛出生4個月就能觀察到。有些父母能經由互動觀察子女的氣質，但有些卻無法在第一時間察覺這些特點。

瞭解子女早期的氣質對於教養孩子頗有助益。父母可藉由這些訊息得知孩子在某些狀況下會出現的行為，而做出最適當的判斷。相同的，若老師與看護者能瞭解這些資訊，就能依據孩子的氣質給予特殊教學或照顧，較容易教導出擁有樂觀個性的小孩。

目前尚未出現快速、確實的方式可評估氣質差異。若我們能在早期瞭解氣質差異，那麼將可給那些最常和小孩互動的照顧者作為參考。我們如何將孩子的特定氣質與父母的養育、照顧以及老師的教導相互搭配以獲得有效結果，至今仍未受到研究人員的重視，但隨著本書的介紹，相信未來一定會受到關注。

凱根與研究團隊指出，在條件完全相同的情況下，擁有特殊氣質的個體容易出現焦慮感或情緒障礙。換言之，這項重要資訊迫使我們思考預防的策略，既然我們知道孩子可能出現精神方面的風險，進行這方面研究會是未來最重要的課題。

世上沒有所謂的「理想氣質」

本書帶來的有趣問題包括氣質差異與社會階層。讀者將可看見研究人員長期在這方面進行縱向研究的成果，他們努力地追蹤青少年與年輕人的發展過程。從本書能夠瞭解，即使在年輕時擁有極度社交焦慮的人，努力不懈後仍能開展自己的事業，如工程師或電腦工程師，因為這類工作性質不需常與人接觸。

環境如何藉由社會化的過程來改變早期的氣質，並以某種方式讓個人獲得報酬。這個複雜的社會需要各種角色與職業，因此每種技能與性格都是有用的。十分外向、適合群體生活的人可能很適合某種職業，但卻可能無法勝任飛航管制員的工作。若要讓世界正常運作，最重要的是各種天分與氣質都能各司其職。從本文可瞭解雖然生活經驗會讓人對新奇事物的反應截然不同，但許多人還是可以過著快樂、有成就感的生活。

擁有快樂、健康的人生，似乎與個人氣質以及外在環境是否能相輔相成有關。氣質研究強調個人差異的重要性，以及陷入「理想氣質類型」刻板印象的危險。世界上沒有所謂的理想氣質類型，只有氣質與環境相互影響的最佳模式。當這種模式出現時，個人將能從中獲益。

氣質能永保不變嗎？

這本書不斷強調的重點：氣質會變嗎？氣質的形成取決於多重環節，並非單一要素就能解釋。然而某些證據顯示，少數氣質的確能恆久不變。暫且不論這項觀點，氣質確實經常發生變化，而書中也提出許多例子，顯示重大的環境變遷與氣質改變存在著密切關係。如前所述，神經科學與分子生物學的基礎研究，對氣質如何變化提供強而有力的架構說明。實際上，即使是遺傳而來的氣質特徵，也會隨著環境影響而有不同表現。

「神經可塑性」是現代神經科學最值得注意的卓越貢獻，也就是大腦是用來對外界經驗作出各種反應的器官。與身體其他器官相比，大腦是最容易受到經驗影響的部位，也因此讓人類擁有「學習」的能力。有系統的訓練同樣也能對大腦進行某程度的塑型。

舉例來說，有些研究藉由大腦成像技術觀察音樂如何造成大腦結構上的改變。近來在其他領域的研究也指出，當人類學習某種複雜的知識如魔術時，我們可以測量到大腦的變化。目前針對改變或培養某種特殊氣質的訓練方法還未出現系統性研究，但我們知道透過行為改變讓大腦功能出現某種變化的心理治療，如認知行為治療，的確與基本神經生物系統的某些改變有密切關係。

凱根最後提到的用字遣詞，雖然與研究心智領域的科學家較有關係，但對任何想瞭解情緒與氣質的個人也十分重要。由於長期研究氣質，他已經思考到我們應如何談論心理與大腦狀態的問題。他提醒我們應該正確表達所提出的概念。心理學家是允許其他領域科學家借用情緒狀態的詞彙。

在書中經常提及的「恐懼」。這個詞可能會在下列三種狀況中提到：⑴遭電極的老鼠所出現的反應。⑵在研究中讓嬰兒位於高處往下看的經驗。⑶在醫院等待癌症切片檢查結果的病患。

雖然上述三種狀況有共同點，但很明顯的，在某些重要部分其實完全不同，若以相同詞彙描述這三種狀況其實非常不恰當。我們應該審視在這三種經驗中，大腦狀態有何共同點，而非假設他們反應出相同的大腦狀態。這將是未來研究人員持續追蹤的研究領域之一。希望藉由凱根的研究，可以啟發往後學者在尋找人類本質時，能兼顧應有的廣度與深度。

本文作者任職於威斯康辛大學，麥迪遜校區情緒神經科學實驗室

1 WHAT ARE HUMAN TEMPERAMENTS?

天生氣質

打從娘胎後就跟著你一輩子的「真本性」

瑪喬莉是一位引人注目的16歲高中女生。她穿著白色上衣，扣子整齊地扣到脖子，拘謹的坐在位於波士頓郊區自家客廳進行三小時的面談。剛開始，她對於學校生活、興趣方面的應答十分簡潔、和緩，與其他青少年沒什麼兩樣，但她有點坐立不安，不停撥弄頭髮、臉頰與衣服，不由自主的露出苦笑與眨眼。人類通常只在緊張或不安才會不停眨眼。

瑪喬莉告訴訪談人員薇萊麗，她與父母關係良好，也有幾位知心好友，成績大部分拿A，運動偏好網球與足球。現在，她開始準備明年必須送出的大學申請書。她的近期目標是成為老師。然而，當薇萊麗深入探索瑪喬莉擔憂的事情與心情時，她的答案則與時下青少年不同。

瑪喬莉在重要考試前一天晚上會失眠；遇有重要表演的前夕更會緊張到嘔吐。她不喜歡與陌生人相處，會全身不自在。目前她最擔心的是，班級旅行將前往華盛頓特區，她不知如何和不熟的人度過這幾天，沒有搭乘地鐵前往波士頓的經驗，也不想這麼做。她經常做惡夢，腦中常出現父母親發生車禍的想法。令人訝異的是，不管是老師還是朋友，從未發現瑪喬莉心中的恐懼。他們認為青少年難免如此，不至於要看心理醫生。

幾天前，薇萊麗與另一名同樣引人注目的學生麗莎面談。麗莎住在鄰近社區，個性與瑪喬莉截然不同。當天，她穿著合身運動衫以及短裙，雙腳隨性的蜷縮在沙發上。她告訴薇萊麗她很喜歡變化，喜歡造訪陌生的地方。她不僅是班長，也是學校合唱團與足球隊成員。晚上她可以睡得很沉，鮮少做惡夢，學業成績優異，考試前夕也不會感到憂慮。她回答問題通常伴隨著微笑或突如其來的大笑，從麗莎的姿勢與表情可以感覺她十分自在、放鬆。

儘管這兩位女孩同樣都在充滿愛的家庭長大，居住在擁有優良學區的寧靜社區，但從前20分鐘的訪談中不難看出她們的個性南轅北轍。瑪喬莉與麗莎的差異不禁讓人聯想起電影《天生冤家》中謹慎、憂鬱的菲力克斯，以及隨性、有趣的奧斯卡。兩人的個性差異十分明顯，在現實生活中，也沒有兩個人的個性完全相同。人類氣質[1]是造成此種差異的主因。近年來，生物學研究更揭開了每個人獨特氣質檔案的神秘面紗。

二次世界大戰期間十分盛行佛洛伊德的理論。大部分心理學家與精神科醫師認為瑪喬莉和麗莎的差異，來自於家庭環境、與朋友的感情以及相處模式不同所造成。這些專家認為瑪喬莉的表現與母親的態度有密切關聯。她常會因為一點小事就遭到嚴厲斥責或憤怒，以致於瑪喬莉對自己那強烈的性幻想、以及嫉妒善於處理人際關係的姊姊，會感到內疚。反過來看，麗莎父母放縱的態度，讓麗莎即使對兄弟姊妹產生嫉妒、或偶爾與男友發生關係也不會有任何罪惡感。

1950年代，我從青少年時期開始到耶魯大學研究所期間，環境影響性格差異的理論一直是我奉行的圭臬。生長在民主黨的猶太家庭，我時常質疑母親的觀念，她認為先天特質才是決定氣質的關鍵。我還記得，我在DNA[2]結構共同發現人克立克的著作上，用紅筆寫上一個大大的「不」字。那本書主要是闡述，人類行為主要決定於大腦的化學物質。

我母親的想法來自於她的直覺，完全沒有受到其他心理學家影響。她相信人一生下來就有不同的情感與習慣，這些想法從未因我的質疑而有所動搖。西班牙有句古老諺語，「天性與相貌會跟隨你進墳墓」，與此不謀而合。只是沒想到自己用來解釋期望、懷疑或緊張情緒，也源自於某些直覺。當我還在幼稚園時，常有憂慮與口吃的現象，偶爾也會做惡夢，我曾經認為這與我在學校被反猶太同學當成嘲笑對象，以及對我保護過度的母親與嚴厲的父親有關。

幾乎每個青少年都曾有緊張、徬徨的時期，也都曾試著釐清造成這種感覺的原因。有些人可能就此誤入歧途。有些青少年其貌不揚，比同儕矮小或肥胖，在課業上無法達到高標，甚至是自己喜歡的科目也沒有好成績，在運動場上表現笨拙，被小團體排擠，常被父母責備，有酗酒的父親或患有憂鬱症的母親，住在貧民區，生長在一個大眾都敬而遠之的環境或區域。

也因此，大多數青少年將上述提到的理由視為他們身陷苦海的主因，即使真正原因並非如此。通常，來自於中產階級或正常家庭的青少年，將所有不滿歸咎於父母，因為他們想不出任何可責怪的對象。至於來自於貧窮家庭的青少年，則是將過錯轉移到鄰居或同儕身上，即使他們的父母與中產階級的父母一樣吹毛求疵。

我深深相信父親陰晴不定的脾氣，母親的強力約束，以及其他人對我出身背景的偏見，都是造成我困惑的主因。那麼，在耶魯畢業後的10年，究竟發生什麼改變了我原有的觀念和看法呢？

1961年，我和莫斯（Howard Moss）參加一項縱向研究，觀察71名年約30歲的西南俄亥俄州成人的人格特質，從此我開始對自己深信不移的信仰產生質疑：**環境真的能**

影響人的氣質、性格嗎？這項實驗是由安提亞克學院中的菲爾斯研究中心主導。當我還小時，研究就已經展開，主要觀察人在出生3個月到青春期這段時間性格的變化。當時我負責與長大成人的研究對象訪談，莫斯則負責評估這些人幼年時期的各項特質。換言之，他不知道研究對象成年後的特徵，我也無法得知這些人幼年時期的狀況。

當時的訪談結果竟與我母親的觀念不謀而合。訪談中，有10個人表示他們在3歲以前特別膽小、害羞、怕事，以致於成年後對未來常有不確定感，遇到重大事件必須由父母或配偶替他們決定。此外，他們也不從事冒險性活動，更別說接受各項挑戰。其中膽怯程度最高的四個人分別選擇音樂老師、物理學家、生物學家、心理學家為職業，這些工作較不容易發生突發狀況，即使發生了也還在他們可以掌控的範圍。

另外三名膽怯程度較低的人，則是從事較具變化的職業，分別為高中足球教練、自行創業以及開工作室的工程師。

同時，我也對於極度害羞、與極度大膽兩者間不同的特質印象深刻。當較膽小的人處於壓力或緊張狀況時，他們控制生理反應的交感神經系統[3]可能比較活躍。交感神經系統沿著脊髓分布，主宰身體許多功能，如心跳或血壓，當人面臨威脅時，交感神經要負責做出「迎戰」或「逃跑」的反應。

膽小的人另一項特質是遺傳自父母高大、瘦長的身材。我無法將這些特質歸類為後天的影響，因此我和莫斯在後來合著的《從出生到成熟》中提出，幼童表現出極度害羞、或極度大膽的差異可能是「與生俱來的因素」，也就是我們所說的「天生氣質」。我先前所信仰的「環境決定一切」遭受重大打擊。

我信仰的理論第二次受到挑戰是在1970年代。當時我與凱斯勒（Richard Kearsley）和澤勒佐（Philip Zelazo），針對3個月到29個月的華裔美國人與高加索白人嬰兒進行一項研究，在這段期間觀察地點不是在托兒所就是在家中。令我驚訝的是，華裔美國嬰幼兒都比白人更加安靜、膽怯，就像之前在菲爾斯研究中心遇到的那些人，他們曾經是十分害羞的孩童，交感神經系統較容易處於亢奮狀態。

這些實驗結果就是我母親說的「與生俱來的特質」，也是現代心理學家所稱的「性格差異」。後面章節會詳加闡述華裔美國人與高加索白人由於基因[4]不同而產生氣質差異。

此外，許多研究指出，品種相同或相近的老鼠、狗或猴子自然的會聚集在同一個地方，避免與其他外來品種接觸。除了上述理論外，我也深受紐約兩位精神病學家湯瑪斯（Alexander Thomas）與卻斯（Stella Chess）影響。他們在1960年代提出的論點震撼所有精神科醫生。湯瑪斯與卻斯認為，每個人在長大成人前就擁有不同的氣質，也就是所謂的生物特點。「環境」兩字無法全盤解釋兒童性格的發展歷程。

根據父母親的描述，湯瑪斯與卻斯提出造成嬰兒展現不同行為的九種氣質，包括嬰兒行為與心情的可預測性、活動程度、對新刺激的趨避傾向、新環境的適應能力、活力、反應敏感度[5]、情緒控制、專心程度、注意力長短。

以上所述讓我原有的成見一掃而空，並激起我更深入研究「氣質」的慾望。我的研究所學生、且現今為布朗大學教授的寇爾（Cynthia Garcia-Coll），以這方面的研究作為論文題目。當時她觀察許多21個月大的幼童接觸陌生人、事、物的反應，結果證實有些小孩很害羞，有些則不然。

害羞與否這兩種天性會一直持續到幼年時期。這群害羞幼童的交感神經系統指數，與菲爾斯研究中心實驗表現膽卻的3歲小孩，以及華裔美國小孩完全相同。不久後我的同事史奈德門（Nancy Snidman），針對31個月大的幼童進行研究也有相同發現。就在《從出生到成熟》出版的27年後，將再投入另一項研究，試圖證明像瑪喬莉與麗莎這樣的孩子，一出生其實就已經展現不同的氣質。

完成這項研究的唯一途徑就是觀察大量嬰幼童，密切注意他們的成長歷程，並判斷嬰兒時期對陌生外來物的反應是否能預測後來的性格。大部分精神科醫生不願從事這類研究，其原因如下。多數人與湯瑪斯和卻斯的想法一樣，認為透過父母描述嬰兒行為的方式，與直接觀察嬰兒的效果相同，並可節省不少時間與費用。換句話說，他們認為母親與嬰兒相處時間很長，而研究人員可能無法觀察嬰兒在家的各種狀況，而且實驗室也無法創造出一模一樣的情境。

英國劇作家吳爾芙在1937年的廣播節目中提到，「語言」的問題在於對方必須有精確的描述與表達能力：

『「語言」…是一種自由、不受拘束，也是最不須負責的方式，大多談話內容都十分空泛…。語言十分敏感、容易顯露出自我意識…。它們討厭具有教化作用，也不喜歡被當成賺錢工具…。它們更憎恨被貼上某種意義或態度的標籤；因為它們具有可隨時改變本質的特性。』

精神科醫生認為，雙親最能正確描述出嬰兒的情緒與行為，但我們認為父母很容易扭曲對嬰兒的觀察。當父母在敘述時，容易將自己的價值觀和評價加諸於小孩身上。

父母只會強調嬰兒是否易處於興奮狀態，作息是否規律，容易安撫，是否會表達愉悅或不舒服的情緒，而忽略某些可能顯露出嬰兒氣質的行為，這些行為可以用錄影機錄製與觀察，如玩玩具的時間、露出笑容的頻率、對電話鈴聲第一時間的反應等。最重要的是父母無法得知嬰兒的生理狀態。這也是為什麼只有父母的描述，並不能成為研究的主要資訊。

1985年後美國政府對這類研究的資助越來越少。近年來，國家衛生研究院認為氣質研究沒有強韌的理論基礎，找出人類精神疾病的基因反而比較重要，因此將資金全都挹注於此。所幸位於芝加哥的麥克阿瑟基金會願意支援氣質方面的研究，讓我們能在1989至1991年展開研究，觀察包括瑪喬莉、麗莎等超過450名16個星期大的嬰兒。

我們讓母親帶著吃飽睡足的嬰兒前往實驗室。在那裡，研究人員會讓嬰兒接觸不熟悉的影像、聲音與味道。他們拿著鮮豔的物體、填充玩具，在嬰兒眼前不停移動；從麥克風傳出說話的聲音；將紗布沾上稀釋過的酒精，放在嬰兒鼻子下方。

研究發現測試期間，麗莎的手腳保持靜止不動，偶爾會發出聲音或笑容，幾乎不會揮舞雙手雙腳，也不會在座位上扭動，更不會嚎啕大哭。相反的，當鮮豔物體第三次在瑪喬莉眼前移動時，她就不停揮舞雙手，到了第四次她露出痛苦表情，從椅子上坐直，哭得呼天搶地，研究人員趕緊上前安撫並持續實驗。瑪喬莉約有三分之一的時間都在重覆上述那些動作。

實驗內容並不嚇人，為什麼兩個嬰孩的反應會有如此大的差異？一個合理的解釋是瑪喬莉與麗莎天生的生理構造不同，因此兩人對不熟識、或突如其來的狀況產生不同反應。如果對陌生事物的反應，是源自於天生氣質的差異，我們必須證明這些嬰兒在長大後對陌生的人、空間或事物也會有相同反應。果不其然，瑪喬莉之後成為一個害羞、容易緊張的人，而麗莎則是擁有較從容、自然的個性。

雖然大部分的「人類氣質」在嬰兒時期就已發展，但科學家還是無法得知氣質發展成形的過程。至少就目前來看，氣質是由「行為」狀態所定義，而非「基因」或「大腦」。因此，我們以達爾文在1859年所著的《物種起源》為起點，書中提到，他從不知「天性」如何影響烏龜或雀鳥，造成這些物種的差異。

本書將概略說明以往大部分科學家所知的「氣質」，尤其著重在嬰兒時期如何影響幼年期，形成各種性格與精神疾病，以及兩性或種族間心理狀態的差異。沒有任何「氣質」是發展成某種單一性格的基礎。每種氣質都必須被視為是一種起源，有可能發展成各種不同的性格。氣質只是讓你更加容易、或不容易養成某種習慣、行為、情緒與信仰，換句話說，只是程度上的差異。

個性就好比是一張灰色毯子，由黑、白兩色的細線編織而成，前者代表天生的氣質，後者則是後天的成長過程。一般人看到的僅是表面，而非黑色與白色的細線。也許，另一種較好的比喻是，氣質就像雕刻工作室裡的一顆黑色石頭。雖然石頭的硬度、顏色與尺寸限制雕刻家創作的形式，但藝術家還是保有小部分的自由來雕塑出美麗的作品。

氣質的概念是說明生物成熟性[6]最好的例子。實驗室豢養的猴子從未遭受蛇的攻擊，因此這些猴子第一次看見蛇並不會倉皇逃走。然而，當其他動物展現對蛇的恐懼後，牠們也會跟著害怕；奇怪的是，猴子看見其他動物懼怕花朵卻，不會跟著產生恐懼感。猴子很容易對蛇產生畏懼，這就是天生的「生物成熟性」。瑪喬莉的氣質就可視為是一種生物成熟性，因此當她的言行舉止被其他人看穿，或與陌生人交談時就很容易表現出憂慮的神情；至於麗莎的特質則是十分從容自在。

孩童的成長經歷也具有決定性的影響。如果麗莎有個罹患憂鬱症的母親與酗酒的父親，容易對小孩發脾氣，縱使這些狀況的影響力與氣質無法相比，但麗莎長大後還是可能成為陰沉、憂鬱的人。相對的，某些擁有像瑪喬莉氣質的人，若生長在貧窮的單親家庭，居住的社區犯罪與未婚懷孕比率偏高，即使本身沒有這些膽小與不安特質，還是有誤入歧途的可能。

1987年試圖暗殺雷根總統的年輕人辛克利，也許擁有與瑪喬莉相同的氣質。辛克利的母親表示，辛克利是個極為害羞、焦慮的小孩。通常擁有此種氣質的小孩不大會犯下驚世駭俗的謀殺案，可能原因在於他們經常搬家，朋友不多、以及某些未知原因造成辛克利特殊的性格。

諾貝爾文學獎得主艾略特應該也和瑪喬莉有相類似的氣質，他小時候十分害羞、謹慎、敏感。大部分擁有這種氣質的小孩並沒有獲得諾貝爾獎的潛力；然而，艾略特有異於常人的語言能力，再加上家庭的支持，讓他進入明星學校，因而他能利用氣質，從一個內向、孤僻的小孩轉變成一位成功的詩人。至於瑪喬莉則是具有文字方面的天分，或許她未來能成為一名家喻戶曉的作家。

嬰兒時期就開始上演的人生預告片

科學家耗費多年時間觀察嬰兒的反應發現，相同氣質展現出來的行為差異不大。最明顯的就是對寒冷、飢餓等痛苦狀態的反應。有些嬰兒會嚎啕大哭，有些則不會；有些嬰兒很難安撫，有些則很容易。哭泣強度、時間長短和是否容易安撫並非百分之百相關。面對飢餓、寒冷或身體面臨其他苦痛時，我們將嬰兒反應分為四種：

(1)會嚎啕大哭且不容易安撫。
(2)會嚎啕大哭但容易安撫。
(3)只會輕輕啜泣，但不容易安撫。

(4)只會輕輕啜泣，且容易安撫。

當面對不熟悉或突如其來的事件，如食物、材質、味道、聲音影像時，有些嬰兒會變得異常興奮，有些則會保持安靜，有的會嚎啕大哭，有的則不會，因此遇到新事物時，嬰兒又會有另外四種反應：

(1)活動力旺盛且經常哭泣。
(2)活動力旺盛但鮮少哭泣。
(3)保持安靜但會哭泣。
(4)保持安靜且不常哭泣。

瑪喬莉就是屬於第一種，稱之為「抑制型反應」[7]；至於麗莎則是屬於第四種「非抑制性反應」[8]。

面臨挫折時，如失去正在吸吮的乳房、玩具掉了、拿不到玩具、被毯子包住或被大人限制行動時，嬰兒的反應也不相同。嬰兒遇到挫折與面對不熟悉的事物一樣，會有不同的動作與哭聲，因此也會衍生出4種不同的氣質。

最後，在沒有任何外力干擾下，躺在小床裡的嬰兒也會有牙牙學語、咯咯笑或揮舞手臂的情況，又會出現另外三種氣質。上述15種氣質是以嬰兒行為來區分，而非真正感受，因為現今科學家還無法觀察嬰兒的內心世界。

嬰兒在愉悅情況下，如嘗到甜味或輕柔的撫摸，或是在不舒服的情形，如吃到苦味或大人隨便亂抓，都會產生不同反應。通常剛出生的嬰兒對酸、苦等味道有十分明顯的臉部表情，如捲曲上嘴唇、皺起鼻子、伸出舌頭等。當這種表情出現時，很容易讓人聯想起吃到惡臭食物、或聞到排泄物的味道。因此可以假設嬰兒此時的感受並不是很好。

學齡兒童並不常出現這種反應。大部分女生若處於實驗狀態下，即使聞到噁心的排泄物味道，她們還是會面露笑容，就像大人知道這是種不禮貌的行為一樣。這種臉部反應對於較大的兒童並非是自然的反射動作。

嬰幼童暫時看不到母親或保姆會顯得焦躁不安，這是一種恐懼的象徵；嘴角下彎與皺眉則是悲傷的表現；張大嘴巴，嚎啕大哭則為憤怒的表現。以上四種行為與大腦模式有關，這也許是造成嬰兒不舒服的原因。幼童的各種感覺，如噁心、恐懼、悲傷與憤怒，在大腦與心智的早期就已建立。嬰兒在這四種情況的興奮度，也就是情感敏感度如果不同，原因通常是基因或母親懷孕時的情況所造成。

另一種類似的研究是，當嘗到甜食、與父母玩躲貓貓、疊疊樂挑戰成功、以及接收到肢體接觸等愉悅情況下嬰幼童的反應。外界刺激所引起的大腦迴路與神經化學作用，會讓個體產生「愉悅」的感覺。嬰幼童時期的經歷是成年後愉快、興奮、驕傲與喜悅等各種感覺的基礎。因此，嬰兒在各種情況的興奮程度和成年後的情感表現息息相關。

若將上述8種加入以往的15種情況，將可更容易得知嬰兒的氣質類型。在眾多氣質種類中，這23種是最具生物學基礎的類型。日後科學家將能解開越來越多的氣質類型，並瞭解這些特徵是藉由何種化學分子而影響腦部活動。

基因也愛玩排列組合

大腦受到超過150種分子影響，其中許多分子會活化或抑制訊息經由狹窄的突觸傳送至神經元。最常被提出討論的分子包括多巴胺[9]、正腎上腺素[10]、血清素、乙醯膽鹼[11]、催產素[12]、腦下垂體後葉荷爾蒙[13]與類鴉片[14]。每種分子都有某種神奇的吸引力，可活化大腦神經元表面的蛋白質[15]受體[16]。

另一種類型的分子則是藉由破壞刺激分子，或將此種分子送回原處，來抑制大腦的活化週期，分子與受體的關係就好像每個門鎖都有適合它的鑰匙。當這些分子附著在配對的受體上時，就會開始一連串的反應，如活化或抑制神經元，也因而產生某些腦部狀態，這就是「氣質」發生的基礎。

分子的濃度、受體的數量與位置，都是受某種基因控制。每個基因皆由一序列DNA組成，DNA中有四對分子包括腺嘌呤[17]、鳥嘌呤[18]、胞嘧啶[19]及胸腺嘧啶等四種鹼基。當鹼基與糖、磷酸結合時，會形成一種更複雜的分子，稱為「核甘酸」。

「氨基酸」[20]為合成蛋白質，是建構身體的基礎，某些基因，或稱構造基因，就是氨基酸的起源。其他則稱為啟動者或促進者，掌管構造基因。當序列從細胞核被傳送至細胞質製造蛋白質時，必須先將位於構造基因內的序列（稱為內含子[21]）消除。一般而言，一個典型的基因是由10萬個核甘酸組成。

每三種類型的序列，至少會有一個鹼基在同一序列的相同位置上。當超過一個鹼基在同一位置時，生物學家稱此為對偶基因[22]。對偶基因的表現形式有四種最常見。舉例來說，一個鹼基序列為A-B-C-D，對偶基因可能的表現形式為：

(1)完全相反的序列，如D-C-B-A。
(2)鹼基序列移除，如A-C-D。
(3)鹼基序列插入，如A-C-D-B-C。
(4)鹼基序列重覆，如A-B-C-D-D-D-D。

再以較具體的例子說明。大部分生物體都擁有一種可讓呼吸作用相對穩定的蛋白質，這種蛋白質由312鹼基序列組成。在一條序列上的312個鹼基中，人類與猴子只有一個不同，與狗有13個鹼基不同，與蛾則有36個不同。

以另一種比喻來說。英文字由許多字母組成，如果「love」是一個起點，那麼「evol」、「loeve」、「loveee」就猶如這個原始字的「對偶基因」。換句話說，每個字的意義與拼法會隨著時間改變，當然在人的一生中，基因也會隨著時間產生不同的變化。例如，「economics」（經濟學）是闡述貨物製造與消費的一門學科，是從拉丁字「oeconomica」衍生而來，但當初這個字的原意為「家庭生活」。

再將比喻延伸至場所和位置。基因的產出取決於它在身體的位置，就如同一個字的意義視當時說話的場合而定。例如，「bad」字義是「不好的」，但若是「it was bad」整句話的意思，可能是不愉快的經驗、表現差或一場強烈的風暴。最後要強調的是，四種鹼基中產生單一變化並不會影響有機體的功能運作，就像講話時，即使少一個字也不影響整句話的意思，就像「我要回家」，若講成「我回家」其實也可讓人瞭解。

在3萬個構造基因中，保守估計只有200個（少於百分之二）是和人類氣質相關的分子與受體（事實上影響腦部活動的基因約有百分之五十）。再假設每個基因只有四個對偶基因（許多基因實際上超過四個），以生物學的觀點計算，氣質的種類至少有2千種。這個數目遠大於前面提過的23種，讓人不禁質疑：若氣質的種類超過2千種，為何心理學家提出的類型遠少於這個數字？或許可以提出五點解釋：

（1）2千種類型中，可能有許多即使與腦部狀態有關，卻無法和「氣質」聯想在一起。

（2）可能有些子類型隱藏在某些大項目之下。舉例來說，有些嬰兒可能因尿布品質粗糙尖叫，而非飢餓；有些嬰兒看見陌生人接近可能會嚎啕大哭，但嘗到陌生食物卻能保持冷靜；有些嬰兒看見母親會微笑，但玩躲貓貓遊戲卻不會。

（3）有些影響過於微弱以致於心理學家難以察覺，例如，有些人的味蕾對於甜味或苦味特別敏感，因此吃到冰淇淋或白蘿蔔特別有感覺。

（4）在某些情形下，小孩的心理發展是遺傳自父母的基因。

（5）某種特殊的心理特質，可能是天生氣質與生活經驗的綜合影響，也可能純粹是生活歷練的結果。

若以掃描器觀察血液流至大腦各部位的情形，科學家會發現人體在從事某件事情時，血流向[23]的形式並不相同。雖然血流向與氣質類型的關聯看似有理，但實際上兩者還是存在差異。以後一定會發現更多的氣質種類，至少遠多於先前提的23種。

雖然科學家認為基因可能會影響幼童的氣質類型，但還是無法預測成人後的性格，因為要構成一個人的行為、信仰、心情甚至是強烈的感受有許多方式，好比從舊金山寄信到倫敦有好幾種方式可到達。只有基因與氣質是無法得知人往後的性格，這也是許多科學家目前正埋首研究的部分。

遺憾的是，目前還未有科學家發現任何基因或基因組，與某種氣質、心情、精神疾病的症狀有絕對關係，氣質和精神疾病等大多會受到性別、生活方式與種族影響。舉例來說，對偶基因會影響大腦血清素的活動，可能會讓生長在中產階級，有溫柔雙親的女性產生社交焦慮症[24]，也可能讓生長在貧窮家庭，父母無暇照顧的男性發生犯罪行為。

某個研究團隊曾嘗試，由已知可控制血清素活動的對偶基因預測憂鬱症，但他們還是得知道實驗對象的性別、種族以及生活中是否曾經歷傷害，才能預測誰較容易罹患憂鬱症，所以只知道對偶基因是不夠的。

另一項嚴格控制各種變化的猴子實驗也是如此。研究人員在不同環境中飼養小猴子。當陌生人類進入猴子的生活區域時，研究人員發現，對偶基因並不會影響小猴子的行為。從小只和母猴單獨相處的小猴子，在陌生人闖進生活區域時最為恐懼，與對偶基因無關。因此，面對陌生人是否會產生恐懼，生活環境對於猴子的影響力大於基因。

童年的快樂對人類而言，是否也扮演著舉足輕重的角色呢？預測憂鬱症或焦慮症時，同時考量家庭環境與相關的對偶基因是較佳的方式。研究發現，童年越艱困，環境的影響力會大於對偶基因。如果要預測受過強烈颶風侵襲的佛羅里達，哪個成年人較易罹患憂鬱症，科學家通常會考慮性別、是否缺乏社會支援、以及是否擁有特殊基因等因素。若只知道其中一項要素並無法作出正確判斷。

這也是為什麼巴恩斯（Barry Barnes）與杜普立（John Dupre）在他們的著作《什麼造就基因組》（Genomes and What to Make of Them）中提醒我們，DNA並不是掌控生命的主要分子，但分子卻是科學家精通的領域。

我們很難想像，約在60年前，科學家還無法接受，大腦活動主要是由某些基因上的分子所掌控。對於基因、大腦化學物質與心理狀態之間的關係所知甚淺，就好像發現地球繞著太陽運行的伽利略、克卜勒對當時的宇宙認知一樣。

孕事一籮筐

雖然從父母遺傳而來的大腦化學物質可能是氣質最主要的來源，但絕對不是唯一來源。同卵雙胞胎並沒有完全相同的指紋；世界上第一隻複製貓[25]雖然基因與母親一模一樣，但花色與個性卻截然不同。

母親懷孕時，胎兒的氣質其實已經悄悄形成。孕婦的心理狀態最容易在春、秋的白天受到影響。北半球8月底到10月底日光時間漸漸縮短時，人類會大量分泌一種稱為

「褪黑激素」[26]的化學物質。每天黑夜的時間不同，女性身上的褪黑激素也會不同。因此2月底到5月底白天漸漸變長時，胎兒接收到的褪黑激素較8月至10月底少。

孕婦的大腦與身體深受褪黑激素影響，當然胎兒也不例外，包括活化或抑制基因、增加抗氧化活性，合成化學物質等作用，進而影響胎兒仍未開發的大腦。基於以上因素，我們合理推測，母體受孕的月份會間接影響胎兒身上的某種基因，而使褪黑激素的濃度產生差異。

北半球春天受孕所生下的孩童，罹患精神分裂症的風險較高；而秋天受孕所生的人，童年會表現極度害羞，成年後容易產生憂鬱或自殺念頭，免疫系統也可能發生問題，如罹患多發性硬化症[27]。

在冬天受孕所生下的成年人較為冷漠，且醒來後第一個小時，釋放的壓力荷爾蒙「可體松」[28]較大部分人低。雖然與絕對感覺相比，這些感受其實微乎其微，但無庸置疑，風險的確存在。根據行星運行的理論，占星家認為，不同生日月份擁有不同人格特質，的確為氣質提供理想的概念，然而內容解釋卻十分粗糙。

懷孕期間的突發狀況，如母體感染、極度緊張、酗酒或藥物濫用，也可能影響胎兒氣質。若母親先前懷過男孩改變子宮環境、或生產時發生狀況，導致化學物質、結構或免疫系統產生問題，那麼就會影響胎兒的心理狀態。舉例來說，經歷1998年加拿大冰風暴，且當時正好懷孕4到6個月的母親，所生的胎兒指紋可能與一般人不同，這種指紋通常只在罹患精神分裂症的成年人身上才有。

此外，母親在懷孕期間持續酗酒通常會影響胎兒大腦功能與行為。2001年，約有百分之十五正值生育年齡的美國女性（超過7百萬人）承認曾經酗酒，可以想見實際人數應該更多。

懷孕期間重度酗酒的孕婦，所生下的胎兒左右臉會嚴重不對稱，包括兩眼寬度、瞳孔到鼻尖的距離、顴骨到嘴角的距離等。美國與歐洲成年人的左右臉若具有上述幾項特徵，則會被認為較沒有吸引力，第一次性經驗較晚，且成年後的性伴侶較少。一般而言，著名的電影明星與化妝品專屬模特兒的臉通常都十分對稱。

若孕婦染到流行性感冒，母體的免疫系統在製造生長因子（稱為細胞激素[29]）時受到感染，會影響發育中的胎兒，提高胎兒罹患精神分裂症的風險。加州理工學院派特森

（Paul Patterson）主導的研究顯示，老鼠媽媽在懷孕期間曾感染流行性感冒的話，所生下的小老鼠比較不願意接觸陌生的地方。這些小動物對全新的活動區域反應十分激烈。

此外，人類嬰兒若在1歲前遭逢巨大變故或嚴重感染，也可能會產生特殊氣質，因為他們的大腦還未成熟，無法抵抗各種壓力源。過於早產的胎兒（出生時少於4或5磅），情感與行為在頭幾年會與一般嬰幼兒不大相同。

在生產前與生產時另一項令人特別注意的，則與孕婦是否生過男孩有關。男性特有的Y染色體包含一種蛋白質，母體會視為外來物質（稱為Y抗原[30]），因而製造抗體抵抗這些蛋白質。

生產時，新生兒與母親的血液會混和，此時抵抗男性蛋白質的抗體會進入新生兒的血管。換句話說，頭胎男嬰通常能躲過這種潛在、具傷害性的免疫反應，但第二胎之後的男嬰，則會因為這種免疫反應而影響大腦功能。若胎兒與母親的血型不同，也會產生類似的反應機制。此外，母親抗體引發的結果中，部分已有初步的研究證據。非頭胎的男嬰如果有兄長，為同性戀的可能性較高，但前提是他必須為右撇子。截至目前為止，還無法得知為何左撇子不受母體免疫反應的影響。

根據利物浦大學的斐洛（Peter Pharoah）統計，約有百分之三到百分之五的單胞胎中，其實有另一個孿生的兄弟姊妹，只是父母不知道另一胎早在懷孕初期就已經死亡。倖存的小孩身體構造與心理狀態可能會受到另一胎影響，因而擁有異常特質的機率較高。這些特質中有一些與氣質有關。

了解不同氣質形成的原因是十分有用的。接下來的章節會詳細說明氣質的起因。例如，2萬5千年前遷徙至西藏的人，與1萬5千年前移居安地斯山脈的人，在生理機能上皆能適應高海拔生活，但方法卻各有所異。雖然「神經化學」必定是研究大多數兒童偏差最常被提起的原因，但必須承認，還有其他因素可能也會造成類似的結果。

在歷史循環中，通常會有某個觀念暫時主導整個社會，直到這個觀念超越正當性，才會被另一個所取代，例如19世紀的浪漫主義，便取代前一個世紀的超理性主義。亞當史密斯在1776年提倡自由放任經濟，但一個世紀之後，卻由政府制定法規禁止這項理論，限制少數人剝削大部分人的情況。

針對學者不切實際的主張，許多心理學家與精神科醫師提出心理學解釋，將它視為一種平衡的觀點。那些學者將「人生經驗」奉為圭臬，認為這才是造成人類差異的主因。或許還需要一段時間，才能讓科學家將生物學與經驗，同樣視為不可或缺的因素。社會觀點的變遷，有如小朋友走在狹窄的圍牆上一樣地不穩固。

當我還在念研究所時，科學的進展讓我不得不承認，生物學的確對人類性格發展有某程度的影響。幾乎沒有任何社會學家會堅持，「經驗」是造成瑪喬莉與麗莎性格差異的唯一原因。**「氣質差異」的概念，正好解釋為什麼同一個家庭中的兄弟姊妹，或生長在類似家庭的青少年會有不同性格。**

近50年來的理論也透露出生物偏差的異常複雜、以及統合生物學與經驗的必要，如此才得以解釋，為何每個人的情緒對事情的反應會如此不同。我們不再接受「環境至上」的理論。然而，目前也還無法確定，哪條路才能解開氣質領域的神秘面紗。

1：氣質（temperament）。由於天生結構與生理機能的差異，或者懷孕期間所發生的事，讓幼童產生最原始的特定感覺或行為。

2：去氧核糖核酸（DNA）。形成基因最基本的分子，它由四種鹼基構成，包括腺嘌呤（adenine）、鳥嘌呤（guanine）、胞嘧啶（cytosine）與胸腺嘧啶（thymine）。

3．．交感神經系統（sympathetic nervous system）。自主神經系統的一種，是脊椎神經上的一排神經元。當個體面臨壓力時，交感神經系統會變得特別活躍，使得心跳、血壓、循環血管、肌肉、胃以及生殖器官發生變化。

4．．基因（gene）。遺傳學最基本的元素。通常被定義為ＤＮＡ序列上的某一段區域。

5．．感覺閾值即反應敏感度（sensory threshold）。人類偵測外界刺激的最低強度。

6．．生物成熟性（biologically prepared）。擁有某種生物特徵，對特定事件會出現特殊的接受，或減緩對特定種類展現特定的反應。

7．．抑制型反應（high-reactive）。形容４個月大的嬰兒，遇到外界陌生的刺激時，會產生哭泣或揮舞手臂的反應。

8．．非抑制型反應（low-active）。形容４個月大的嬰兒，遇到外界陌生的刺激時，幾乎不會產生哭泣或揮舞手臂的反應。

9．．多巴胺（dopamine）。和自主性動作、刺激、獎賞、睡眠、情緒、注意力、與學習有關的神經傳導物質。

10．．正腎上腺素（norepinephrine）。影響大腦許多部位的神經傳導物質，與注意力、行為、心跳與血流向有關。

11．．乙醯膽鹼（acetylcholine）。心臟與自主神經系統活動的神經傳導物質，對於前額葉負責的專注力與學習功能尤其重要。

12．．催產素（oxytocin）。是神經傳導物質的荷爾蒙，在女性生產、哺乳或性交時會大量分泌。

13：腦下垂體後葉荷爾蒙（vasopressin）。一種荷爾蒙，作用在保持身體一定的水分。性行為時，男性釋放的增壓素多於女性。

14：類鴉片（opioids）。主要在中樞神經系統與腸胃道發現的分子，可減緩對疼痛感的接受。

15：蛋白質（proteins）。由氨基酸構成的複雜分子。

16：受體（receptor）。針對特定分子附著的一種蛋白質，通常隱藏在細胞薄膜上。當分子與受體結合，細胞反應後，受體會進行構造上的改變。

17：腺嘌呤（adenine）。DNA四種重要鹼基中的一種。

18：鳥嘌呤（guanine）。DNA四種重要鹼基中的一種。

19：胞嘧啶（cytosine）。DNA四種重要鹼基中的一種。

20：氨基酸（amino acids）。形成蛋白質的分子。

21：內含子（intron）。細胞核上DNA的某一段，在細胞成為氨基酸前會被消除。

22：對偶基因（allele）。不同形式的基因，基因上某個位置的DNA序列產生改變。

23：血流向（blood flow）。利用核磁共振掃描儀可得知運送到大腦某一特定位置血流量的改變。

24：社交焦慮症（social anxiety）。個人預期或與他人互動時，所產生的不舒適、恐懼或憂慮感。

25：複製生物、無性繁殖（clone）。從母體身上取出卵細胞，複製與母體完全相同的基因。

26：褪黑激素（melatonin）。一種自然產生，可調節生理時鐘的荷爾蒙。母親在懷孕期間的褪黑激素會影響胎兒的基因、抗氧化活動等。

27：多發性硬化症（multiple sclerosis）。自體免疫系統疾病，主要影響大腦與脊椎神經，造成平衡感有問題以及手腳移動困難。

28：可體松（cortisol）。腎上腺皮質製造的荷爾蒙。個體處於壓力時會產生，症狀包括血壓增高、血糖釋放、免疫系統異常活動等。

29：細胞激素（cytokine）。免疫系統所分泌的分子，為細胞與細胞間傳遞訊息。

30：Y抗原（Y-antigen）。Y染色體釋放的一種蛋白質，負責決定胎兒性別為男性。

2 REACTING TO THE UNEXPECTED

不由自主

最不做作的原始本能

火災警報器鈴聲大作、忽明忽滅的燈光或是抽筋，這些無法預測的突發事件是吸引注意力的最佳範例。如果突發狀況是熟悉、不令人恐懼，我們的心理狀態很快就會恢復先前的平靜；相反的，如果突發狀況是以前從未遇過，身體就會將此視為危險，產生戒心，促使我們逃走或出現防禦機制。有些氣質會影響面對突發或陌生狀況的反應，包括反應的類型、強度與時間長短。

杏仁核[31]與前額葉皮質區[32]這兩種大腦構造，掌控人類面臨突發狀況的反應（參見52頁圖1）。諺語「大事情，小包裝」正是最適合杏仁核的描述。這個位於大腦中間，靠近顳葉的小型構造包含至少五種專門的神經元群。最重要的是，這些神經元主掌人體面臨突發狀況的反應，不管狀況有沒有危險，它都會警告與杏仁核相關的神經元以及大腦其他部位，以作出適當反應。

杏仁核的另一個作用是，接收外界與身體內的感覺訊息，人體再依據這些訊息預測下一秒可能發生的狀況。如果狀況不如預期，在大腦瞭解突發狀況的前五分之一秒，杏仁核中的神經元與附近的皮質區便會啟動。

會觸發大腦杏仁核的並非特定事件，而是預期心理與實際狀況兩者間產生的差異。

｜圖1　人類大腦杏仁核與前額葉皮質區的位置｜

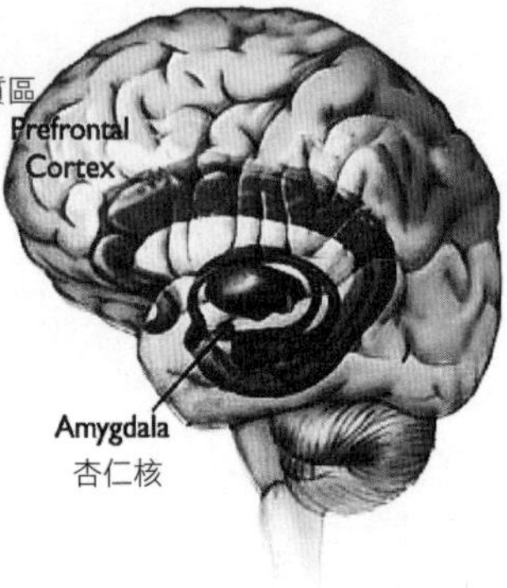

其他位於杏仁核的神經元，會啟動前額葉皮質區判斷事件是否具威脅性，剩下的部位則讓行為與心理產生反應，讓個體遠離危險。

如果前額葉皮質區評斷突發事件不具危險性，它會傳送訊號回杏仁核，阻止個體進行逃走或抵抗的行為，就像美國總統放棄幾千里遠的核子武器啟動，停止猛烈攻擊。前額葉皮質區與杏仁核的互補作用，是大腦產生刺激與抑制作用完美平衡的一個例子。

不管人類或動物，刺激程度不同，杏仁核產生的反應也有所差異。約有七分之一的家貓很容易受到驚嚇。牠們討厭探索新環境，見到陌生人會躲起來，更不可能去抓老鼠。這種膽怯的個性大約在2個月（約為人類14個月大）

時發生。當這些小貓聽到類似老貓哀嚎的聲音時，牠們大腦的杏仁核就會被刺激。

若想直接測量杏仁核興奮度的變化，必須將嬰兒放置在核磁共振掃瞄機上，這種過程不僅昂貴且有壓力，許多父母拒絕進行這種檢測，大部分心理學家只好以間接方式觀察兒童的行為。

大多數生物對突發狀況會有一種習慣性反應。在草坪上奔跑的松鼠聽到聲響會停止動作；小狗看見陌生人會大聲狂吠。我們將超過450名嬰兒，包括瑪喬莉與麗莎面對突發狀況時的反應錄製成影片。

這些4個月大的嬰兒，都是生長在經濟健全的白種人家庭，他們的母親在懷孕時不抽煙、酗酒或服用違法藥物。對於白種人嬰兒來說這種限制是必要的，因為非洲人、西班牙人與亞洲人的大腦化學物質，與高加索白種人的化學物質稍有不同。這點在第5章會詳加說明。

研究人員準備色彩鮮豔的小汽車、人聲錄音帶與酒精棉布，讓這些物品不預期的出現在小嬰兒面前。假設這些嬰兒的杏仁核對突發與陌生的事件特別敏感，他們會揮舞手腳並大哭，但不表示他們害怕，而是杏仁核對無預警、或不熟悉的外來刺激反應特別強烈。

看過來！搖籃邊的大學問

約有百分之二十的嬰兒對突發狀況有特殊反應。這些**抑制型反應的嬰兒看見突如其來的外界刺激會揮舞手腳，嚎啕大哭，有些甚至會從椅墊上坐起，彎曲背部**。拱背是項重要指標，因為杏仁核中心會通知大腦神經元群，表現出這種獨特、不尋常的反應。通常，成人受到身體傷害時，同樣的神經元群也會被啟動。因此可判斷這些拱起背部的嬰兒可能擁有容易激動的杏仁核。

相對的，有百分之四十的嬰兒對突發狀況的反應完全相反，我們稱之為**非抑制型反應**。**他們十分冷靜，不大會哭泣或拱背，反而會自言自語或露出微笑**。剩下的嬰兒則屬於另兩種族群。有四分之一的嬰兒不會移動身體，但經常會大哭（稱為憂傷反應）；另有十分之一經常揮舞手腳，微笑與自言自語，他們不常哭泣或出現拱背的動作（稱為激動反應）。最後還有百分之五的嬰兒難以歸類。馬里蘭大學的福克斯（Nathan Fox）針對馬里蘭地區的嬰兒進行相同實驗，結果與上述提出的百分比十分類似。

找出自己的真本性：抑制 vs. 非抑制

我們在探討氣質時最關鍵的是，抑制型或非抑制型反應的嬰兒，在幼年時期是否表現出特殊的行為、情緒與生理機能。如果事實如此，則可更加肯定4個月嬰兒的行為是這兩種氣質差異的徵兆。當然了，答案一如預期。

這些嬰兒在1、2歲時再次回到實驗室。同樣在無預警的情況下，將他們帶到陌生的人、物體面前或房間內，但他們的母親都在附近。結果顯示這些幼童對三種情況會表現出恐懼。

第一種是入侵他們的私人領域，如將電極片、血壓計腕帶放在身體、手臂上。

第二種是出現未知的物品，如機器人、動物玩偶、娃娃、手電筒以及打鼓的小丑。

第三種是陌生人，尤其他們從未見過的臉部表情、或穿著戲服的人，更讓他們感到恐懼。

藉由這三種狀況，可更加確定：害怕這些狀況的幼童，擁有的氣質會讓他們放聲大哭或產生逃避行為。

放電極片或血壓計腕帶在幼童身上、轉動輪子產生噪音、滴液體在舌頭上、以及女性研究員以不悅神情旋轉玩具等過程，都會讓他們產生恐懼、嚎啕大哭。其他狀況雖然會造成幼童產生逃避反應，但還不至於每次都會大哭，例如他們不想摸沒看過的玩具、不接近陌生人也不接近刻意裝扮、帶面具要和他們一起玩的女性。

約有三分之一的1、2歲幼童，對17種實驗過程毫無恐懼感或只害怕其中一種；有三分之一的幼童害怕其中的二、三種；最後的三分之一則是害怕4種以上的實驗過程。我們將只害怕其中一種或以下的幼童歸類為「低度恐懼」，害怕4種以上的幼童歸類為「高度恐懼」。如我們所預料，**大部分「抑制型反應」的嬰兒屬於「高度恐懼」的族群，而大部「分非抑制型反應」的嬰兒則是被歸類為「低度恐懼」**。另兩種族群介於這兩類之間。

我們從最近科羅拉多雙胞胎的研究瞭解，2歲時展現的害羞與否，主要取決於基因差異。1946年，賀伯（Donald Hebb）曾提出一篇與恐懼相關的重要研究。研究指出，約有三分之一居住在佛羅里達地區的黑猩猩，變得十分懼怕陌生物體，如黑猩猩玩偶的頭，洋娃娃或骷髏頭。

瑪喬莉在嬰兒時期屬於抑制型反應的類型，14個月時的反應被歸類為高度恐懼。瑪喬莉在準備階段被帶到陌生房間，當她一被放在地毯上就嚎啕大哭（不到百分之五的幼童會在此階段有哭泣反應）。當研究人員試圖在瑪喬莉胸膛上放電極片、手臂綁上血壓計腕帶或露出嚴肅表情時，她同樣會哭鬧。她拒絕將手放進黑色液體中，也不接受液體滴在舌頭上。當陌生人進入遊戲室，她會飛奔至母親懷裡。

到了21個月大時，瑪喬莉不想接觸陌生的玩具。研究人員組合一個黑色建築物，要瑪喬莉也跟著做，只見她說，「我不行」。當一名陌生女性進入房間想與瑪喬莉一起玩遊戲時，瑪喬莉立即躲在母親身旁，直到陌生人離開。一名穿著小丑服裝的研究人員突然進入房間時，瑪喬莉狂奔至母親身邊，哭喊著，「不要，不要，不要」。

相反的，麗莎則是低度恐懼的嬰兒中少數天不怕、地不怕的人。她對許多實驗一笑置之，對陌生人打招呼，對小丑丟玩具，看到機器人會立即靠近。麗莎母親表示，她在實驗室的行為與在家沒什麼兩樣。

當他們4歲半時與另兩名同性別、同年齡但從未見過的幼童在房間內遊戲，他們的雙親同樣坐在房內。與抑制型反應的幼童相比，非抑制型反應的小朋友喜歡與人交往，也較健談。約有百分之五十抑制型反應幼童表現較為害羞、安靜，且大部分時間都站在母親身旁。

維吉尼亞大學的雷姆考夫曼（Sara Rimm-Kaufman）在這些幼童進入幼稚園時再度進行為期四次的觀察，時間選擇在9月第一個星期（開學）與1月底之間。抑制型反應幼童表現較為安靜，老師提出問題時也不會舉手回答，不會違反老師規定大吼大叫，不願意接近站在教室後方的研究者莎拉。非抑制型反應幼童通常會舉手回答、大喊，甚至超過一半的學生不只一次接近莎拉。

當這些小孩7歲時，詢問母親與老師小孩是否出現恐懼、害羞或膽怯的徵兆。如果他們達到下列兩項標準，我們就將他歸類為焦慮族群。首先，雙親必須確認小孩行為是否達到清單中四項以上的描述，如睡覺時要開小燈，不敢在朋友家過夜，害怕大型動物或暴風雨，提出自己或父母親是否會死亡的問題等。

接著，老師將班上同學依照膽怯程度排名。雖然剛開始時只有百分之二十的嬰兒被歸類為抑制型反應，但到了7歲時卻有百分之四十五的人有焦慮反應。其中有許多小孩在5歲之前如果看到小丑進門就開始尖叫。此外，原本有百分之四十的嬰兒被歸類為非抑制型反應，到了7歲約有百分之十五的人有焦慮反應。約有五分之一抑制型反應嬰兒在1歲、2歲、4歲與7歲測試時還是保持膽怯、害羞、安靜，但非抑制型反應者中在四次測試時，沒有一個出現順從、膽小的徵兆。

馬理蘭大學的福克斯（Nathan Fox）與魯賓（Kenneth Rubin）觀察對照幼童也有類似結果。他們發現，十分害羞、沉默的2歲小孩若有個過度保護的母親，長大後大部分還是保持膽怯、焦慮的個性。但如果雙親要求不那麼高，且參加的幼稚園制度良好，或許他們恐懼感會減少。

當這些小孩開始上學後，小男生比小女生更容易被同儕嘲笑、欺負，因為小男生對扭扭捏捏、看起來不符合社會期待的男生總是比較殘酷。至於女生對於處於緊張狀態的女同學會較為和善，害羞的女生反而較能融入大團體。

當2000年與2001年再次檢視這些已經11歲的小孩時，如我們預期，大部分以前為抑制型反應的幼童與研究人員對談時，表現出安靜、嚴肅的一面；至於非抑制型反應的幼童與人對話時則顯得十分放鬆，不時露出微笑並且滔滔不絕。到了15歲，陌生的女性研究人員再度上門訪談，小時候曾為抑制型族群的青少年顯得坐立難安，不停撥弄臉頰、頭髮，臉上幾乎沒有笑容，無法暢所欲言。

「不由自主的微笑」是觀察嬰兒氣質的主要徵兆。抑制型反應的族群幾乎在每次實驗時都沒有笑容，而大部分非抑制型反應者在談話時，會偶爾停下來露出微笑或大笑。

這兩種青少年所擔心的事情也完全不同。雖然青少年擔心的事情不外乎考試、成績、運動比賽的表現或音樂會表演，但有三分之二抑制型反應族群（非抑制型反應族群約為五分之一）較為杞人憂天，擔心不切實際的問題，如與陌生人交談，身處人群中，造訪陌生城市，搭地鐵或想到未來。換句話說，由期末考、運動比賽所引起的焦慮，與拜訪華盛頓特區、和陌生人講話、以及幻想未來的不確定，所引起的焦慮完全不同。

以下是抑制型反應者典型的談話：

「在人群中，我覺得自己好像被隔離，被忽略」。

「我不知道該注意哪件事，因為每件事情好像都很模糊」。

「我很擔心未來，不知道接下來會發生什麼事」。

「我很想成為醫生，但後來還是放棄，因為醫學院學生好像很累」。
「我喜歡孤獨。當我和我的馬兒在一起時，不必擔心與人相處的問題」。
「每次放假前我會特別緊張，因為不知道假期時會發生什麼事」。
一名抑制型的女孩甚至告訴面談者，她不喜歡春天，只因為春天的天氣變幻莫測。

上述說明代表他們遇到陌生事情所產生的不確定感，不曉得自己接下來應採取何種行動。前者指的是事件的易變性，後者則是對事件反應的不確定性。有些人認為不足的資訊會讓他們備感挫折與壓力，更不喜歡無法預知下一步的感覺。年輕人對未來通常感到焦慮，再加上近幾年，他們應該尊崇的倫理價值，以及時常得面對陌生人的情況，讓焦慮更顯嚴重。

抑制型反應的年輕人，比較喜歡清楚的遊戲規則，以及明確的是非對錯。不幸的是，這群美國年輕人活在一個模稜兩可的年代，包括性行為、朋友忠誠度、以及生活目標。對抑制型反應者而言，因倫理混亂所造成的不確定感更嚴重，他們認為要在「無奇不有」的世界求生存是非常困難。

儘管抑制型反應與非抑制型反應者的父母擁有相同宗教信仰，但前者信仰更虔誠。

他們告訴訪談者，宗教信仰提供行動的指導方針，以及有共同信念的友善同儕，讓生活減輕不少壓力。許多沒有焦慮氣質的美國青少年與成年人瞭解，儘管倫理標準存在著模糊空間，他們還是必須尊崇。近50年來，信仰宗教的人數更是大幅攀升，尤其是那些沒有專業背景的人。

在結束3小時的訪談前，女性研究員給這些15歲青少年20張卡片，卡片上形容各種人格特質如：

「我很想知道朋友怎麼看我」。

「遇到陌生人我會變得很害羞」。

「我擔心成績不理想」。

「大部分時間我感到很快樂」。

每個青少年必須依自己的人格特質將卡片重新排列組合。此外，另有5張表現陰暗、憂鬱情緒的卡片，包括「我很嚴肅」、「我在決定任何事之前會想很多」、「我希望可以放輕鬆一點」等。最後還有一張與上述5張完全相反的卡片，「我很隨和、好相處」。

抑制型反應者通常認為自己有嚴肅、憂鬱的人格特質。相反的，多數非抑制型反應者會以快樂、隨和、放鬆形容自己。我們的觀察與青少年的自我描述不謀而合；同時也證實，氣質的確會影響個人擁有開朗或悲觀的性格。個性較為嚴肅的青少年也較體弱多病，他們很容易心跳加速，胃部抽痛或呼吸困難。突如其來的未知感會引發他們的焦慮。具有這種特質的成年人稱之為高焦慮敏感性。

這種開朗或陰沉的個性讓人想起一則登在《紐約客》雜誌（New Yorker）的漫畫。漫畫中有兩個男人在一棟有游泳池、馬場的豪華別墅前交談。其中一人談到，「當我想起這幾年花了畢生積蓄，只學到自己的開朗個性其實是遺傳，我真的很想哭」。

你一定要認識的「杏仁核」

我們在實驗對象11歲與15歲時，評估他們的四種生物反應，這是瞭解杏仁核興奮程度的間接方式。其中一種是觀察位於大腦下丘[33]的活動。下丘可將外耳的聲音傳送至聽覺皮質。

大腦不同位置的神經元各有不同的放電率，就好像豎琴、鋼琴或吉他上的弦擁有不同的震動頻率。當神經元接收刺激，不管刺激來自於內部或大腦的其他部位，放電率便會提升。因此，我們紀錄下丘的活化程度，判斷杏仁核是否容易受刺激。

擁有容易興奮的杏仁核，應該也有容易受刺激的下丘，因此對聲音的反應也較大，如同圖2腦波圖所測到的幅度。我們要求青少年安靜坐下，聽著耳機傳出的滴答聲，並記錄此構造的活動程度。約有百分之四十抑制型反應者在11與15歲時都展現出高度興奮的下丘，至於非抑制型反應者則無此反應；也就是說，抑制型反應者擁有較容易興奮的杏仁核。

另一種評估杏仁核興奮程度的方式為測量大腦對陌生照片的反應，如只有一隻腳的椅子或動物身軀、嬰兒頭的圖片。突如其來，特別是從未遇過的事件會活化杏仁核的底部後側，刺激顳葉與前額葉[34]的神經元。在事件發生約0．4秒後，大量的顳葉與前額葉神經元會同時放電，產生特殊的腦波。這種腦波強度就與杏仁核興奮程度有關（參見圖3）。

如我們預期，所有青少年對於不曾見過的圖片，都會產生特殊的腦波（圖3中稱

｜圖2　腦幹聽覺誘發反應波形。從箭頭處之後為下丘的反應波形。｜

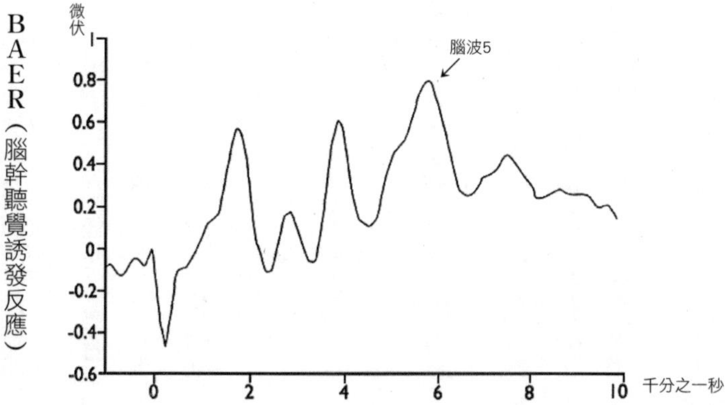

｜圖3 對於突如其來或陌生事件的典型腦波反應。請注意最大的強度發生在300至600毫秒（千分之一秒）之間。｜

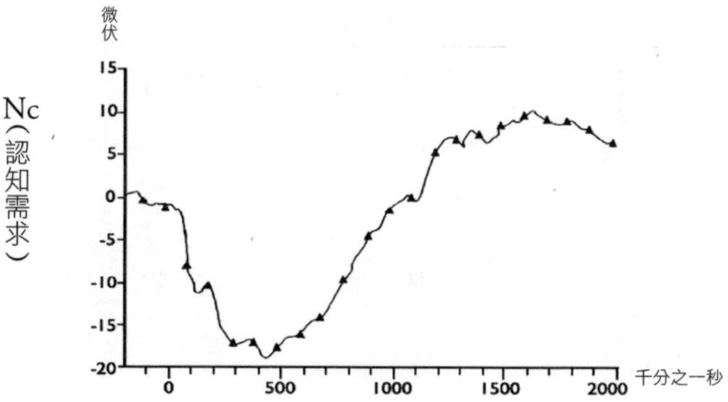

微伏：測量腦波活動的單位

為　，認知需求）。抑制型反應的腦波振幅大於非抑制型反應，也就是說，抑制型反應者看到矛盾、或突如其來的圖片會產生較強烈反應。

此外，也可利用神經元群擁有不同放電率的特性來觀察。當個體沒有在思考或解決問題，呈現放鬆狀態時，大腦不同部位的神經元放電率約為1秒10次。想像一下，成千上萬的舞者排成一列同時以相同的頻率移動雙腳。當神經元接收來自其他組織的訊息時，大腦某部位的放電率便會增加。

從心臟、腸道到肌肉的活動，都會藉由相關的構造組織傳送至大腦各部位，包括杏仁核。一般來說，從身體傳至右腦的活動量會比左腦多，因此右腦的杏仁核會比左腦更容易受刺激，處理身體各部位的大量活動，如心臟、血管、肌肉群與腸道。

左、右腦的杏仁核神經細胞會各自傳送訊息至前額葉。約有三分之二的青少年與成年人左腦前額葉的活化作用較右腦旺盛，他們通常較快樂，也較放鬆。至於少部分右腦前額葉活化較旺盛的人則比較不快樂、緊張與焦慮。

抑制型反應者不管在11歲或15歲的測試，都顯示出右腦前額葉活化較旺盛；非抑制型反應者則相反。福克斯指出，他的觀察對象在14、24、28個月大時，表現出害羞的幼童其右腦前額葉的活化也較為旺盛。

最後一種觀察杏仁核反應的方式為小孩的心跳模式。杏仁核中心會傳送訊息至控制心跳與心跳變化的交感神經系統。藉由心跳模式，可知道抑制型反應者擁有較活躍的交感神經系統。這種模式就如同1962年在菲爾斯研究中心所觀察到的成年人，他們在童年時期較為害羞。抑制型反應者的指尖溫度也比較高，因為人體心跳加快時，指尖溫度也會隨之提高。

交感神經系統的活躍也表現在1歲抑制型反應幼童身上。當研究人員滴檸檬汁在這些小孩舌頭上，他們的心跳立即加速。因此這四種在11歲與15歲針對杏仁核興奮度的間接觀察，可明確區分出抑制型反應與非抑制型反應青少年的差別。

缺乏表現正確行為的自信，稱之為「反應不確定性」，亦會刺激杏仁核。焦慮的青少年看見恐懼的表情時，會產生較多的杏仁核活動，因為他們無法從臉上判斷對方的恐懼程度，因此不知如何做出適當回應。不過如果青少年僅是看著對方臉部神情，不須要他們下決策或判斷，不管是焦慮或非焦慮類型，他們的大腦杏仁核活動毫都無差異。

當焦慮的成年人在螢幕上看到不舒服（肢解的屍體）、或無預期（一個盤子）的景象的前幾秒，杏仁核會產生與前述相同的興奮度，因為他們不確定接下來會看見什麼。富蘭克林（Benjamin Franklin）認為「不安」是有意義的情緒，因為突發狀況通常不大受人歡迎。總而言之，當我們不知接下來幾分鐘、或幾小時後會發生什麼事，這會比預期中的驚喜還要令人焦慮。

當一個人知道自己犯錯時，杏仁核同樣會被活化。小孩在家、學校或遊戲場上都有可能犯錯，抑制型反應幼童會產生較大的杏仁核反應，大腦對錯誤的反應，會提高原本就處於高度興奮狀態的杏仁核。因此，這些孩童會心跳加速，肌肉緊繃，展現焦慮情緒。由於杏仁核狀態會受各種分子影響，再加上刺激杏仁核的方式很多，因此目前還無法確定基因或分子，是否就是造成抑制或非抑制型反應者大腦狀態的主因。

抑制型反應者容易對花粉過敏，有三分之二的人，至少父母雙方有一人曾得過花粉症。容易過敏和交感神經系統活化旺盛、抑制免疫系統健的全發展有關。換句話說，如果雙親中有一人對突發狀況感到焦慮、或有嚴重的憂鬱症，小孩很有可能會有過敏的症狀。

另一項有趣的現象是，**以白種人為對象的研究中，發現抑制型反應幼童的眼珠普遍都是藍色**。這項觀察恰巧與羅森伯格（Allison Rosenberg）的研究不謀而合。她要求133個班級老師（從幼稚園到小學三年級）從班上所有白種人當中，選出最害羞與最外向的小孩。大部分害羞幼童的眼珠皆為藍色，而最外向幼童的眼珠則為棕色。

在10個害羞的女孩裡面，她們共通處為心跳較快、母親有恐慌症[35]，以及都擁有淺藍色的眼珠。第5章將會提到，居住在高緯度，如挪威、瑞典的白種人，他們眼珠多為藍色且交感神經系統活化旺盛；而住在低緯度地區，如義大利、希臘則相反。

最後一項觀察為我們的理論提供最有力的證據。抑制型反應與者非抑制型反應者，藉由不同興奮度的迴路，來串聯杏仁核與前額葉皮質區。麻州綜合醫院精神科醫師史瓦茲（Carl Schwartz）利用磁極共振造影，紀錄現年18歲青少年的大腦活動。這種儀器讓史瓦茲不僅能檢驗杏仁核對突發狀況的反應（反應在血流量），也能觀察前額葉皮質區的組織構造。

圖4 人類大腦的內部結構。圖中指出的部分為前額腦區底部（灰色陰影區），以及腹內側前額葉皮質[36]（斜線格區）。

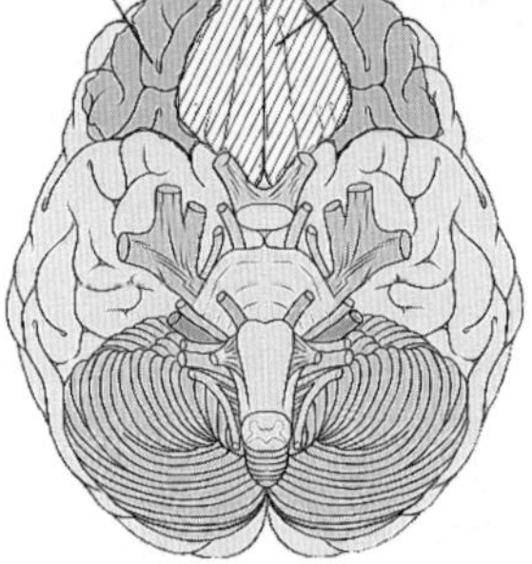

實驗中，青少年會先看到某種帶有不確定的表情，突然，這些臉又換成另一種放空的表情。這種突如其來的狀況，讓抑制型反應者大腦杏仁核的活化較旺盛。

還記得之前提到的，青少年在11歲與15歲時看見陌生圖片的腦波變化反應嗎？威斯康辛大學的研究人員提出類似發現。他們發現若小猴子的杏仁核呈現高度興奮，再加上連結杏仁核的構造也處於十分興奮的狀態時，長大後會擁有極度害羞的性格。

第二種觀察則與前額葉皮質區有關，這部分有許多獨特區域（參見圖4）。前額葉皮質區中間有一個小的神經元，將衝擊傳送至交感神經系統，讓人產生緊張感，或讓青少年感到焦慮、恐懼，尤其是他們做錯事之後。幼年時期曾為抑制型反應者的18歲青少年，右腦此區的皮質層特別厚，非抑制型反應者則相反。

另一個區域位於前額葉皮質區底部（稱為前額腦區底部[37]），主要傳送神經纖維至杏仁核中的神經元群，以抑制恐懼或焦慮的神經元。抑制型反應者左腦此區域的皮質層較薄，非抑制型反應者較厚。此外，約有半數抑制型反應者右腦中間區域的皮質層比左腦前額腦區底部要厚；非抑制型反應的人則無此現象。

抑制型反應者若有上述大腦構造，小時候必定很容易激動、悲傷，前額葉皮質區的中間區域會將外界陌生刺激傳送至神經元，促使人體出現拱背反應。由此可之，嬰兒在4個月時大腦狀態就已經有差異。大腦讓抑制型反應嬰兒在兩歲時容易產生懼怕感，在15歲時容易焦慮。

相反的，大腦讓非抑制型反應嬰兒在一歲時天不怕、地不怕，並長成從容自在、無憂無慮的青少年。若前額腦區底部左半邊較厚，那麼這個非抑制型反應嬰兒在實驗時，對17種故意引起哭泣或促使逃避的陌生物體，必定毫不恐懼。他們會在15歲的訪談中形容自己開朗樂觀，在訪談時也顯得十分放鬆。

或許這項結果與愛荷華大學研究員的發現不同。他們觀察7歲至17的健康男孩，發現最容易緊張的人（如同我們實驗中的18歲抑制型反應者），右腦前額葉皮質區的中間部分組織較多。這與猴子遇見突如其來的狀況，前額葉皮質區中間部分的神經元會變得十分活躍相關。非預期的挑戰、或遇見陌生人，一定會讓抑制型反應者產生焦慮。換言之，中風或意外導致此區受損的病人，反而較不會產生緊張或憂鬱的情緒。

人生的中場戲碼和預告片相同嗎？

所有證據顯示，嬰兒時期為抑制型反應者的幼童與青少年，若遇到突發狀況，尤其是以前從未遇過的，大腦杏仁核會受到加倍的刺激，在社交場合上更容易產生焦慮。精神科醫生稱這種在陌生人面前、或群眾中極度焦慮的人為「社交焦慮」。歐美社會約有十分之一的人有這種困擾，抑制型反應者產生此症狀的風險又較高。

被歸類為抑制型反應族群的佛德瑞克，就被診斷出罹患社交焦慮症。他在2歲時有嚴重的恐懼感。當穿著小丑戲服的女研究員突然進入遊戲室時，他更是驚聲尖叫。由於在群眾裡會產生極度焦慮與恐慌，佛德瑞克高三幾乎無法上課。長大成人後，當初那個膽怯、安靜、順從的青少年不見了。現在的佛德瑞克是個憤世嫉俗的年輕人。他在訪談過程中不時出現髒話，並坦承他覺得未來不可能擁有快樂的人生。

像佛德瑞克如此絕望的情緒，在中產階級青少年中並不常見，但抑制型反應者產生憂鬱症傾向的情形卻十分普遍。**雖然只有百分之二十五的抑制、或非抑制型反應者，會維持原來的行為模式或心理狀態，但幾乎沒有人在小時候被歸類為某個族群，長大後又會變成另一個族群**。這項結果指出，大部分抑制型反應者，必須學習如何在陌生場合中不要過度安靜、害羞。

一名男孩曾寫一篇文章給全班同學，告訴大家他如何控制情緒：「我找到如何克服焦慮的方式，那就是『意志力』。我知道焦慮發生時應該怎麼做。我瞭解我很容易緊張，我會不斷的與自己對話，趕走恐懼、焦慮的情緒。」

氣質差異最明顯的影響是，它會阻止抑制或非抑制型反應者，發展出完全不同的性格。換句話說，抑制型反應的嬰兒，比較不會在杏仁核處於高度興奮狀態下，成為一個活潑、外向、大膽的小朋友。這項結果對抑制型反應者的準確率約有百分之九十。而同一群嬰兒長大後會極度害羞、膽小、心跳快速、右前額葉活動旺盛、下丘容易受到高度刺激，看到非預期圖片時，會產生大振幅腦波的比率卻只有百分之二十。

相同的，百分之九十以上的非抑制型反應者，不會變成極度害羞或膽怯的小朋友，也不會出現杏仁核高度被刺激的徵兆；但約只有百分之四十的人，杏仁核會保持在十分穩定的狀態，並成為活潑、外向的人。約有百分之八來自中低收入戶的男孩，在2歲至10歲期間，是保持害羞、膽小的個性；有三分之一的人到了10歲這種特質反而消失。

非抑制型反應嬰兒長大後，最可能成為心理學家所稱的「有韌性」的青少年。這些人能適應貧窮、父母或同儕遺棄，以及雙親罹患嚴重精神疾病的狀況，因為他們能控制這些狀況造成的焦慮或憤怒。如果他們能不屈不撓，拿到碩士或博士學位，通常也能擁有成功的事業。

耶魯大學醫學系教授，同時也是知名作家努蘭（Sherwin Nuland）即是這群「有韌性」青少年的其中之一。努蘭生長在紐約市的貧窮家庭，他的父親身體殘障，常以苛刻、且嚴厲的口吻指責他。但在他的回憶錄裡，努蘭原諒父親所帶來的悲慘童年。

有名婦女1到3歲時被送至納粹的特雷辛集中營，1945年她很幸運地被轉送至位於英國鄉間的安娜佛洛伊德中心，讓她的性格產生戲劇性的轉變。在1979年這名婦女40歲時，一名心理學家與她進行訪談。她表示自己是個快樂的太太與母親，她回憶，「我小時候十分固執。⋯⋯當時我非常獨立。⋯⋯我不記得曾經向任何人求助。」這些人如同西元二世紀希臘醫生蓋倫（Galen）所描述的「樂觀類型」。換句話說，他們能自行減輕可能會摧毀多數幼童的生活壓力。

事實上，氣質差異與環境，能消除許多可能發展的人格特質。如果心理學家只知道某1千名兒童來自於健全、教育良好的小康家庭，這些專家只能預測這些兒童不會犯罪、休學或吸毒，但很難預測他們未來會成為怎樣的人。換句話說，要判斷某個人的性格，氣質差異與生活經驗並非形塑這個性格的主因，它只能提供參考，讓我們不須考慮其他不相關的人格特質。

氣質差異就如同構成不同鳥叫聲的要素。雖然基因是讓鳥類發出叫聲的基本要件，但不是決定成為鳥聲音種類的主因，鳥類的鳴叫聲主要受環境影響。知道某隻鳥是雲雀，還不如只需瞭解牠屬於雀科鳥群的一種，這可讓你自信的說出牠不會發出何種鳴叫聲，但這項資訊不足以讓你準確預測牠未來的聲音屬於何種類型。

當我在反應某些事實時，有時候會覺得很悲哀。**某些成年人由於遺傳氣質使然，大部分時間都無法輕鬆、快樂的過日子，而這正是目前社會多數人所追求的首要目標。**我們希望所有人都能滿意自己的生活，堅持、努力善用自己的天分，過著正直的生活，建立與他人的親密關係。

我非常瞭解「公平」可能是不存在的。舉例來說，也許某個人十分自私、整天無所事事，但大部分時間都很快樂，反觀另一個辛勤工作、富同情心的人卻無法獲得相同的快樂。如果生活僅是追求多一點無拘無束的快樂，那麼雖然某個懵懂無知的嬰兒遺傳「抑制型反應」氣質，但只要他讓自己成為謹慎、努力不懈、忠誠且具天分的成人，這種生活目標對他而言就不是那麼困難。

「說的」和「寫的」能相信哪一個？

「抑制型反應」與「非抑制型反應」，只是心理學家與精神科醫師提出的兩大氣質差異種類。然而，其他氣質種類的存在，取決於科學家是否能提出證據支持他們的論點。上面那句話聽起來似乎十分迂腐或吹毛求疵，以後必定會出現類似的批評。

想像一下，研究人員希望發現人類各種疾病，他們召募一萬名實驗對象，以下列三種方式從這些人身上蒐集各種資訊：

(1)自己對症狀的描述。

(2)血液或尿液分析。

(3)全身電腦斷層掃描[38]。

第一項資訊能指出頭痛、胃痛、肌肉酸痛、慢性疲勞、打噴嚏、喉嚨痛、皮膚病變等基本疾病。

第二項資訊可讓人瞭解這些疾病是由某種細菌、病毒、不正常的白血球或紅血球數、蛋白質濃度變異或其他化學物質所引起。

第三種資訊則會告訴病患疾病的種類，如腫瘤、血管堵塞或骨折等。

每種資訊都能提供不同的面向。幸運的是，醫生都能在事前獲得這三項資訊，對病情提出診斷。

然而，大多數心理學家或精神科醫師在研究氣質時，只能依賴「一種」資訊：雙親對嬰兒或幼童的行為描述（如果研究領域為嬰幼童氣質），或是取得青少年或成年人問卷上提供的答案（如果研究領域為成人氣質）。如第1章提過的，大部分口語描述都只針對某件事，在自然情況下有何反應的描述並不十分正確。

從問卷答案判斷的氣質種類，通常與研究員親身觀察幼童有所差異。父母的形容目前存在著許多問題。

首先，有些父母不擅於觀察小孩，描述常常錯誤百出。

第二點，父母通常會加油添醋，自行決定小孩有多易怒、活潑或快樂。和擁有三個小孩的母親比起來，只有一個小孩的媽媽育兒經驗較少，對小孩的描述也較不正確。

第三點，父母詮釋小孩行為的方式不同。舉例來說，當陌生人進入房間，有些母親會將小孩的「逃避」解釋為「敏感」，而非「恐懼」。

因此，問題如果是「你的小孩會怕陌生人嗎？」，他們的答案通常是否定的。

更重要的是，大部分的語言，尤其是英語無法忠實還原事件發生經過。多數描述感覺或動作的文字會忽略事件的時空背景，無法形容各種錯綜複雜的情感。

例如，一名婦女半夜在無人街道被搶劫，她當下的感覺可能包括「害怕」被歹徒傷害，對搶劫犯感到「生氣」，「後悔」一個人深夜獨自走回家，以及錢被搶走感到「難過」。但如果隔天問她事件發生過程，她可能只會描述其中一、兩種感覺，例如害怕。事實上，在事件快速發生時，她會產生各種複雜情緒以及出現許多無意識的表情與姿勢。這也是為什麼父母的描述或青少年、成年人對自己的描述，會和心理學家近距離觀察或錄影的結果有一段差距的原因。

多年前，我和學生針對一群四年級小男生進行實驗。雖然直接詢問時，他們都否認自己不受歡迎或有閱讀障礙，但所有同學都認為他們擁有上述兩項特質。接著，我們播放一段影片。片中有兩位與他們年齡相仿的小男孩在互相競賽。一位是不受歡迎且有閱讀障礙，另一位則完全相反。不受歡迎的男孩基本上應該與失敗劃上等號，但在影片中，當他答對答案或對手答錯時，他會露出異常開心的表情。換言之，他們的天分與社會預期不相符合。

科學家對任何罕見的事情都保持濃厚的興趣，例如有些盲人使用剪刀或小刀試圖將玫瑰剪下來。最後每個人都帶著花朵的不同部位離開，然而他們都確信自己取下的是最完美的部位。

奧勒岡大學教授羅斯巴特（Mary Rothbart）花費許多時間藉由問卷調查探討嬰幼童的氣質。這些資訊讓羅斯巴特提出四種基礎氣質，每一種都有低至高的頻率或強度。

第一種：行為出現恐懼、憤怒或悲傷的徵兆，亦即羅斯巴特所稱的負面情緒。

第二種：羅斯巴特稱之為「外向」，這類型的兒童會心情愉悅的微笑、或伊伊呀呀說話，更會嘗試接近陌生的人、事、物。羅斯巴特的負面情緒概念與抑制型反應類似，外向則與非抑制型反應相似。羅斯巴特的另兩種氣質，則與抑制型或非抑制型反應者無明顯的關聯性。

第三種：這種類型的嬰兒很容易安撫，十分乖巧，能掌控自己的情緒，但鮮少有心情愉悅的時候。

第四種：嬰兒或幼童每天吃飯、睡覺的規律程度。有些嬰兒在1歲前就已經建立一套規律的生活習慣，有些則不然。

大部分母親對這四種氣質所造成的行為十分敏感，因為這與她們的小孩是否好帶有關。反過來說，小孩是否容易照顧並無法完全說明這四種類型的氣質。

其他幾項與人類氣質有關的資訊則來自於成人回答的問卷。不幸的是這種證據並不足夠。成年人對自身感覺或行為的描述牽涉各種複雜因素，包括氣質、人生歷練、對行為或情緒的私下解讀，以及社會或發放問卷的研究人員是否接受這種特質。

我們以手臂受熱的例子來說明，人在描述與大腦狀態的確有所差距。假設我們告訴實驗對象將以針灸減輕高溫帶來的疼痛，實際上，有些人真的進行針灸，有些人沒有。幾乎所有實驗對象均表示疼痛的確減輕，但只有前者的大腦疼痛中樞才比較平靜，後者還是十分活躍。中國古代醫師在西元前一世紀，曾撰寫一本如何施行針灸的手冊。當時他就已經瞭解「信念」的重要性。他認為病人必須相信治療步驟的效果，否則一切皆是空談。

上述說明顯示「痛」這個字若放在「高溫在我的皮膚上造成疼痛」句子中，你必須判斷這只是口頭上所闡述的感受，還是大腦活動所發送出的證據。藉由問卷所提出的研究結果也必須接受相同的檢測。

美國某個心理學家團體正是利用問卷測量人類的性格，並提出五種基本性格面向，分別為「外向」、「嚴謹」、「和善」、「容易接受新事物」以及「神經質」。然而，科學家研究其他文化時發現，人類還有其他有別於上述五種的性格。

如果拿美國人與同年齡的雅典人（西元前4百年）比較，兩者的忠誠度大概是最明顯的差異。如果以同一群美國人與17世紀新英格蘭清教徒相比，對宗教的虔誠度則是兩者主要的差異。

目前列出的五種面向可能只在某種擅於交際、有工作道德標準、寬大的社會才較為普遍。從分析413個最常用來形容人類情感與行為的中國字發現，自私的程度、情緒變化以及依賴他人是三種主要的人格特質。只是這三種特質在美國心理學家提出的五種基本性格中根本找不到。

人要如何理解問題也與實驗結果有關。舉例來說，同卵雙胞胎對於「對我來說，要與陌生人打交道十分困難」的問題給予相同的答案，但對於「如果站在人群中我會很緊張」這個問題的答案卻不同。心理學家將上述兩個問題歸類為同一個屬性。

此外，就北美洲與歐洲而言，大部分性格面向都有由好到壞的等級。換言之，這些地區的人認為外向比內向好、謹慎比粗心好、合群比孤僻好、容易接受新事物比固執好以及從容自在比神經質還要好。西藏佛教僧侶認為「外向」沒有任何好處；回教徒認為「容易接受新事物」的人可能會對可蘭經與阿拉的存在提出質疑。

這種藉由文字形容經驗的好壞，會讓某些心理學家忽略人與人間重要的差異，而直接為他人貼上好壞的標籤。謀殺犯、草率的父母、懶惰的學生、粗心的會計、古柯鹼中毒、娼妓與貪污等詞彙在不同場合都有不同的意義。

在這份含糊不清的問卷中，可看見來自56個不同國家的成年人描述自己的性格。從大家的回覆可瞭解挪威人最外向，澳洲人最能接受新事物，日本人則最不誠實；然而直接觀察這些族群行為可能又會出現另一種結果。

一個人的言詞有多模稜兩可，從哲學家維特根斯坦（Ludwig Wittgenstein）在臨終前的評論可明顯看出。維特根斯坦的人生充滿絕望與焦慮，他無法在任何一個地方紮根，他與哥哥保羅不和，另外三個哥哥都自殺身亡。他曾在年輕時寫道，他無法想像他的未來會出現任何快樂與友誼。他正是藍眼珠、抑制型反應者的最佳代表。維特根斯坦最後對他的親屬說：「告訴他們，我擁有十分美妙的人生。」這段話足以讓我們質疑人們形容自己的心情或行為其實與現實有一段差異。

性格問卷上的答案，可能是我們最想知道新鄰居的三項資訊：與她互動容易嗎？她會善盡責任嗎？她會考慮與她想法相反的意見嗎？這些表面的問題忽略許多人類的特質，包括個人對陌生人的評論，與平常行為是否一致；展現同理心、愛、羞恥心與罪惡感的能力；對所屬社會價值的認同感與忠誠度；對配偶、朋友、投資顧問的信任度；身體精力的持久度；對聲望、權力、地位的慾望強度；對政府的敵意；性取向；性慾強度；對某種性格的順從或依賴度。

許多小時後為抑制型反應者的成年人或青少年，比較容易沒有安全感，因此十分需要自信的非抑制型反應者的支持。幾乎所有主要的宗教或哲學都同意以下六項品德：勇氣、公平正義、仁慈、溫和、智慧與用心過好每一天。目前還未有任何問卷測量過上述品德的差異度。

因此，性格問卷所提出的證據，無法包含我們想知道的所有訊息。大部分文字或言詞的最大問題在於沒辦法適切表現出所有物體、事件或人物的差異性。舉例來說，「花園十分美麗」，這句話指的可能是後院一小片的紫丁香花園，也有可能是維護良好，種植各式花朵的大型公園。

相同的，「不快樂」，可能形容在貧窮單親家庭中長大且父母酗酒的小孩，也可用來形容生長在健全的小康家庭，可是卻沒有朋友的小孩。簡單來說，文字無法百分之百表達我們的經歷或感覺。當然，訪談或問卷不全然毫無貢獻。它的確具有某些意義，然而，以文字描述一個人的情緒或行為，不大可能為兒童或成人的氣質差異提供真知灼見的見解。

不管證據來自於問卷或觀察，**初始的氣質模式有如在空白畫布上的第一筆，最終會成為整幅畫的一部分**；也像是這個章節的草稿，最後至少會經過10次的修改。換句話說，我們是無法在成品上看到畫布的第一筆或是文章的草稿。

每個成年人的性格是由氣質、家庭、文化與過往的人生經驗組成。這些組成物有如動植物經過千萬年生物演變的結果。就像人類身上的第二號染色體是合併兩種猩猩的染色體；樹上的地衣是藻類（較接近植物）與菌類（較接近動物）所合成；某些位於細胞質上的基因為動物DNA以及細菌DNA合併的結果。

這些結果全然是意外，無法預測。相同的，1千名擁有相同氣質的成年人其性格養成也無法預測。即使心理學家擁有最完整的基因群與嬰幼兒氣質差異的知識，他還是無法預測我未來的職業、研究領域、與朋友的關係、收入、我與太太、女兒的感情強度、尊崇的倫理標準，或者我每天在早餐桌上希望或擔憂的問題。

31：杏仁核（amygdala）。接近大腦顳葉，形狀猶如杏仁的神經元群。它能接收所有感覺器官的訊息，再產生各種身體反應與情緒

32：前額葉皮質區（prefrontal cortex）。大腦皮質區前側，與計畫、決策、工作記憶及思想、感覺和行為和諧有關。

33：下丘（inferior colliculus）。中腦的神經架構，可接收來自於耳朵的聲音刺激，藉由視丘傳送至聽覺皮質區。

34：前額葉（frontal lobe）。大腦半球中四個區域的其中之一，就在額頭後方。此部位包含許多對多巴胺十分敏感的神經元，與人體的執行功能有關，如預測當下行為會有何後果，好壞的選擇，減少社交行為，儲存工作記憶等。

35：恐慌症（panic disorder）。沒有任何明顯的刺激，個體突然出現心跳加速、血壓升高、呼吸急促、暈眩情況，因而產生突如其來的焦慮與恐懼感。恐慌感持續的時間可能短從1分鐘，長至20分鐘。個體若過於懼怕體驗這種感覺，將不願意離開「安全的家」，這種症狀稱為曠野恐慌症。

36：腹內側前額葉皮質區（ventromedial prefrontal cortex）。前額葉皮質區的一部分，位於左右大腦之間，與情緒調節以及決策有關。

37：前額腦區底部（orbitofrontal cortex，簡稱ＯＦＣ）。額葉上的一個區域，整合來自於視丘、杏仁核、腦島與大腦其他部位的訊息。

38：電腦斷層掃瞄攝影（CAT scan）。使用特殊X光與電腦設備的非侵入性檢測儀器，可對身體內部進行攝影。

3 EXPERIENCE AND INFERENCE

無法倒帶的童年

20歲前的經歷是人生的底色

每個小孩天生都有不同的氣質內涵，因此建立一致的行為模式；就像頭髮與眼睛的顏色，以及眼睛、鼻子、嘴巴與下巴的形狀構成你的五官。然而，氣質只是性格最初始的元素，它只在某些特定場合或狀況下才顯現出個人的聒噪或安靜、謹慎或鬆散、煩躁或愉悅、精力充沛或了無生氣。

父母的行為，兄弟姊妹間的競爭，老師、朋友的態度，家庭的認同感[39]，種族，宗教，國家，居住社區的大小，以及無以數計的事件，都有可能維持或改變早期氣質差異所形塑的特質。與原子的永恆不變不同，「改變」是人類發展中最重要的原則，生命週期就像交響樂的和弦會隨著時間改變。

每個人都擁有各式各樣的感情、思想與行為。每種特殊的背景讓這些特質在不同狀況下產生不同的表現。舉例來說，抑制型反應青少年在遇到陌生人時會特別安靜，但回到家時安靜程度就會降低。當然**在嬰幼兒階段，每個人的經驗可能會影響不同程度的特質展現，家庭是此階段最重要的經驗來源**。

父母給的，是讚美還是懲罰？

雙親通常以兩種截然不同的方式影響小孩。他們會以稱讚或懲罰的方式鼓勵或阻止某種行為、動機、價值觀。此外，父母雙方的性格、行為與興趣對小孩具有決定性的影響，孩子會全盤接收父母的觀念，形塑成某種性格。

父母的行為會加強或減弱小孩的習慣以及情緒。每對父母潛意識裡對小孩的未來都有某種期望，當然對男孩、女孩的期待並不相同。如果言行符合父母期望，就能持續得到鼓勵，至少不會受到限制。然而，如果小孩的發展歷程脫離常軌過多，父母就會介入。

我記得曾在菲爾斯研究中心，與一個極度焦慮的年輕男孩訪談，他的氣質與瑪喬莉類似。男孩的父親是當地高中體育老師；這名男孩對運動沒有興趣，也因此父親感到很失望。他父親不僅不接受男孩的興趣，如閱讀、音樂與下棋，還直接對他表達不滿的情緒。男孩因而認為父親對他有成見。當青少年無法獲得父母親的認同，他們會覺得自己有缺陷，自責無法達成父母理想中的完美人格，而不是質疑他們的要求過於無理。

當父母期待的特質，與孩子本身性格產生差距時，通常會造成家庭問題。柏格曼（Ingmar Bergman）1978年拍攝的電影《秋光鳴奏曲》貼切描繪出已成年女兒的絕望與憤怒。她母親是一位知名的音樂家，希望她能青出於藍，由於她無法達到母親期望，兩人因此產生許多摩擦與衝突。

此外，每對父母對於讓敏感、易怒、易受驚嚇的嬰兒變得較活潑、外向的最好方式都抱持不同的觀點。母親通常是嬰兒的主要照顧者。當她們知道擁有一個十分敏感、易怒的小孩時，會有兩種不同反應。

第一種母親認為自己能幫助小孩減少困擾，讓他們遠離挫折與恐懼，找回自信心。這些母親的視線從沒離開過小孩，小孩一哭便急著安撫。當小孩把食物吐掉，摔破杯子或玩刀子，她們只會壓抑怒氣與自己的聲調。

第二種類型的母親與小孩擁有另一種相處哲學。她們認為10年、20年後，小孩將會面臨更競爭、更具挑戰性的社會，因此小孩必須自立自強，為未來的壓力提早做準備。

小孩哭鬧時她們會等個幾分鐘再去安撫；當小孩不遵守規矩時，她們提高聲調或斥責小孩，即使小朋友只有一歲。

事實證明第二種方式較適合擁有瑪喬莉這種氣質的小孩。在我們的研究中，被歸類為抑制型反應者的兩歲小孩，若擁有第二種類型的母親長大後會較為外向。換句話說，比起那種過度保護，或不忍心讓小孩受到驚嚇的母親來說，擁有第二種類型母親的小孩發展較佳。

少數嬰兒（少於百分之五）擁有特殊氣質，他們很容易生氣，不管是父母的擁抱、親吻還是遊戲都無法安撫他們。許多母親相信自己的愛與照顧能滿足小嬰兒的需求，一旦遇到這種情況會十分沮喪，殊不知問題在於小孩身上，而不是自身的能力，有些人甚至懷疑自己是否有能力繼續擔任撫育的角色。

這種想法的確讓許多美國母親感到恐慌，她們都希望自己的愛能讓小孩快樂。這種情況下，母親剛開始會怪自己無法帶給小孩快樂，一旦母親無法承受長期的內疚與自責後，便開始怪罪小孩，認為小孩脾氣太拗、過於固執。當母親萌生這種觀念，母子間相互的敵意便產生。換句話，如果沒有適當的善意介入，後果將不堪設想。

有個家庭就是如此。小孩極度易怒，母親剛開始會責怪自己，3年後將怒氣轉向兒子。這個小男孩後來變成一個極為叛逆的青少年，長大後十分孤僻，對母親總是怒氣相向。反過來看，母親也排斥兒子，對他有敵意。如果母親知道氣質是問題癥結點，不須過於在意自己對小孩的愛是否發揮功效，這種悲劇其實是可以避免，至少可以緩和。

許多心理學家與精神科醫師贊成1960年代英國精神科醫師鮑比（John Bowlby）提出的「依附」概念。他假設多數沒有規律的嬰兒都有個不細心的母親，那麼在嬰兒時期會建立一種不安全的依附感，將導致長大後思想出現偏差。

什麼讓你走路有風

雖然父母的教養對孩子非常重要，但在4歲前，小孩在心理與生理上已經意識到自己與父母或同性之間的共同點。幾年後，他們更瞭解與自己相異的社會階級[40]、宗教或族群的人有多少相似度。因此，小孩開始認同這群人或團體，這種認同感對未來的性格扮演著決定性的影響。要建立認同感必須符合下列兩項要求。

第一，小孩必須瞭解自己與他人、或團體擁有哪些共同特點。當相同點越獨特（亦即這種特點只有少數人才有），潛在認同感越大。

第二，必須有相同的情感歷程，如驕傲、羞恥或對某些人是否希望某件事發生等。這種現象稱之為「感同身受」。當上述兩項要求達到時，我們便可說某人對其他人或團體產生認同感。當然，我們很容易與其他人或團體擁有共同特點，但不見得每件事都能讓你「感同身受」。

舉例來說，我可能與「年老的白種男性」有許多共通點，但當某個80歲的白人男性得獎或被逮捕，我絲毫沒有驕傲或丟臉的感覺。換句話說，當你相信認同的人或團體對你產生相同的想法時，你最容易體會何謂「感同身受」。因此，如果某個中立媒體報導哈佛大學心理學系表現傑出時，我會感到驕傲。再次強調，即使那位80歲老翁贏得國際大獎，我也沒有任何感覺。

當你與某位傑出人士的名字相同時，你所感受到的就是最基本的「感同身受」。我以前的同事大衛・麥克里蘭（David McClelland）表示，當他讀到「大衛與巨人葛利亞」（David and Goliath，聖經故事）時，對於自己有個與聖經英雄相同的名字感到些微驕傲。

一位撰寫「阿拉伯文化對世界貢獻」主題的學者艾德華（Edward）曾說，他對族群認同常會產生疑惑，因為他的名字擁有歐洲的淵源，而他的姓又源自於阿拉伯。哲學家維特根斯坦誕生於1889年維納斯的富裕家庭，當時奧地利是個非常強勢的國家，因此他對「歐洲」有著強烈的認同感。當他在美國教書得知自己罹患癌症時，他告訴朋友，「我不希望死在美國。我是歐洲人，我希望能在歐洲走完最後一程。」

家世背景到底為你的人格形成加分多少？

小孩首先且也是最強烈的認同對象就是父母，因為他們之間擁有許多相同的生理特徵與信念。因此，父母的性格、興趣與才能對小孩發展具有決定性的影響。6歲大的小孩知道他們與父母親有相同的姓氏，或許還有相同的雀斑、酒窩以及眼珠、頭髮的顏色。此外，有些親屬會告訴小孩他們與父母的外表或動作有多相像。更重要的是，小孩會無意識的感覺到，與父母如此相像的原因是自己的身體正是源自於父母的身體。

種種理由讓小孩相信自己與父母屬於一個獨一無二的族群。5歲大的小孩也知道屬於同種類的動物、植物或物體不僅擁有相似的外表，還有一些無法用肉眼觀察的特點。舉例來說，小孩知道所有的狗都會生病、死亡，以及繁殖小狗，即使他們從未親眼目睹家裡的小狗發生這些事情。正因如此，小孩相信他們與父母一定有某些看不見的相同屬性，雖然他們沒有任何證據支持這項推論。

若母親很受歡迎且學富五車，那麼她女兒也會假設自己一定遺傳到這些優點。這種觀念讓小女孩充滿自信，引以為傲。相反的，如果父母酗酒，無法控制脾氣或罹患憂鬱症，小孩只會感到羞恥，削弱對父母的認同感。我記得小時候對父親總是彎曲身體，拿著枴杖覺得很丟臉，其實他是因關節炎不舒服。

哈佛大學最傑出的社會學家何門史（George Homans）在回憶錄中承認，他10歲時成績爛，人際關係不佳，沒朋友，運動神經也不好。何門史表示，他當時不斷與被別人排斥、丟臉與焦慮的感覺對抗，他經常告訴自己美國第二任總統約翰亞當斯（John Adams）與他有家世淵源，所以他一定也有一些為人讚賞的特點，自己必定擁有成就大事業的潛力。如果何門史當初對家世沒有認同感，認為自己沒有天分，也就沒有現在這位舉世聞名的社會學家。

如果麗莎的家庭是中產階級，但父親是無一技之長的臨時工，母親為家庭主婦。與班上同學相比，麗莎可能認為自己的家庭不那麼受到敬重，在感到難為情的狀況下，小時候那份自信就會漸漸消失。相反的，如果瑪喬莉的母親是位小兒科醫生，父親是市長，家庭十分富裕，她可能認為自己必定擁有某些值得讚賞的特質，原來的焦慮會因這種預期心理而消除。

我們都可能會與家庭或社團中某個（或許多）成員，產生愉悅或厭惡的交集，因而決定自己對他們的認同感是驕傲還是羞恥。當電視上播放美國士兵虐待伊拉克俘虜時，美國人對國家會產生羞愧感；如果是美國運動員贏得奧運金牌，那麼感覺就會轉變成驕傲。當美國或澳洲電影描述白種人在舊社會享有特權，給予美國南方黑人或原住民不公平的對待時，會讓所有觀眾產生羞恥感。認同感無法勉強，也不是用多數時間控制個人的意志力就可培養。

喬伊斯（Joyce）是男還是女？

大部分的男生或女生都能認同自己的性別，接受社會、文化加諸於他們身上的期待。每個人都希望能成為自己性別中最傑出的成員，他們相信任何團體、族群勢必會有最佳典範，例如世界上一定會有最可愛的小狗，最好喝的牛奶，最令人嚮往的假期以及最忠心的朋友等。

在社會薰陶下，許多美國女孩認為女性應該擁有吸引異性的身材，有閨中密友並幫助任何需要幫助的人。相反的，男孩認為自己一定得扮演強壯、大膽、有勇氣、不易屈服於同儕壓力下的角色。個人會避免養成與自己性別不符的特質。

1958年女性運動前，當時社會上的女性醫生寥寥可數。我雇用一位女大生照顧我3歲半的女兒。當她跟女兒說未來想成為醫生，女兒感到十分困惑，對女大生說，「你不可能同時又當醫生，又當媽媽。」我想，現在幾乎沒有3歲小孩會對這個論點感到困惑，因為在美國約有一半的醫學院學生是女性。

許多美國小學老師是女性，因此許多活動或硬體其實較適合女性使用。低年級時，女生的表現會比男生積極。美國兒童也常會假設自然界，如湖泊、植物、樹木、雲具有女性象徵，代表著美麗與被動的特質。相對的，很多現在男女都會使用的機械性物體，如汽車、火車與飛機則被視為男性代表，理由在於它們能活動，具有威力。

2千7百多年前，荷馬在《奧德賽》中將黎明的粉紅曙光當成女性，具強大破壞力的地震視為男性。甚至我們在幫小孩取名時，也有某些字是屬於女性，而另外某些字屬於男性。以英文名為例，女生的名字通常有二到三個音節，最後一個字母為「a」、「e」或「i」，如Sara（莎拉）、Rebecca（瑞貝卡）、Vicki（維琪）、Lisa（麗莎）或Priscilla（普利西亞）；至於男生名字多為一個音節，結尾長是子音，如Marc（馬克）、Eric（艾瑞克）、Fred（佛瑞德）、Jack（傑克）或Ralph（羅夫）。男生若擁有女性化的名字，如Dana（唐娜）或Joyce（喬伊絲）通常會被質疑不夠陽剛。

汽車廣告中隱藏的社會階級

家庭的社會地位對小孩的影響十分深遠，在美國與歐洲社會則與種族息息相關。每個家庭所擁有的資源，不管是實際或象徵性的，都會因社會不同的價值評斷而有差異。學齡兒童通常會依據房子的好壞、是否受到尊重或享有特權等特點評斷。

當家庭可取的特點越少，就越容易產生妥協、順從的狀況。社會階級的評斷主要取決於社會歷史與文化，例如在新英格蘭殖民時期，土地與牲畜數目代表一個人的地位，至於現在的美國，則以假期、教育程度與工作收入為評判標準。

為什麼人類要建立這種分級制度？猴子與黑猩猩社會裡也有階級之分，牠們的標準是體型與戰鬥力（雄性動物）或養育能力（雌性動物）。我們很容易理解，戰鬥力具有演化優勢，較容易接近雌性動物，進行配對。然而，在人類社會，我們無法肯定較具戰鬥力的男性就能擁有較多性伴侶、龐大家族或適應力較佳。換句話說，目前沒有證據顯示，強壯的男性較容易取得大學文憑、具挑戰性的工作、高收入或擁有幸福的婚姻。

為什麼會有社經地位？最普遍的解釋是，伴隨社會變遷，人類產生變異，出現許多獨特的心理特質，社會上也因而出現地位高低的評斷，這種現象在黑猩猩的社會並沒有出現。

4歲小孩習慣將所有事情、狀況、人或行動歸類，如高級或優良，低級或劣等就是最明顯的例子。感到愉悅或痛苦是評斷經驗好壞的最主要原則，隨著時間流逝，在已開發社會中，「好」的定義還包括仁慈、愛心、誠實、開朗、教育程度、天資聰穎、忠誠、物質生活、工作專注等，因此大眾認為擁有上述特質的人較有影響力，甚至這些人也自認如此。這種無意識的想法很難避免。

16世紀蘇格蘭通過一項法律，禁止平民在公眾場合穿戴絲綢。1830年代，美國被分成兩個族群：英格蘭、德國的貧窮移民與教育程度較低的原住民，以及住在美國東岸的高知識分子。後者將前者視為骯髒、不受控制、沒見過世面的代表。這種等級之分與政治立場（民主黨與自由黨）以及宗教（浸信會、衛里公會與長老教會、新教聖公會）有關。

我記得1973年以心理學家代表團的一員前往中國大陸，那時中國的主席為毛澤東。在上海飯店的某個下午，我們遇見一位中國心理學教授，他認為社經地位是影響天分與性格的主要因素。代表團的某位成員對此觀點提出強烈質疑，她表示，「既然中國試圖成為沒有階級的社會，那麼這個目標已經達到了。你可以退休了。」那位教授毫無招架之力。只見中國導遊慢條斯理的回答：「你不懂。一個社會只能朝向無階級邁進，但這個目標永遠沒有達成的一天。」

榮格（Carl Jung）的家庭是當地最貧窮的，但他父親的地位卻使家族在19世紀的巴賽爾獲得某種程度的聲望。雖然在蘇黎世私立學校中，榮格不大喜歡自己襤褸的衣著，父親的職位卻讓這個小男孩感到前所未有的光榮。佛洛伊德的家庭比榮格還富裕，他對種族有深切的認同感。在19世紀的奧地利，他抱持的是反閃米族（反猶太）的信念。這或許不是巧合。佛洛伊德主張，個人天生習性的介入會阻礙社會健康的發展，至於榮格則讚賞社會價值中的良善功能。

幾年前，我曾遇到一位40幾歲的波蘭記者，她從小到大都認為父母親是天主教徒。某天，她母親坦承自己其實是猶太人，在二次世界大戰轉信天主教，這位波蘭記者立即陷入絕望深淵。這項晴天霹靂的消息意味著，她即將成為當時社會嘲諷的對象。某位研究生的雙親是墨西哥移民，教育程度不高。他選擇的論文題目為神經科學領域的技術性問題。這個領域十分艱澀，在學術界必能獲得很高的評價。當我問他為什麼要研究與他專業或興趣不符的題目，他回答，「我必須這麼做才能超越我的父母。」

少部分有成就的成年人，仍對自己家庭抱持懷疑的態度，不管他們後來的地位或聲望如何崇高。柯默德（Frank Kermode），是一位受人敬重的作家與文學評論家，從小生長在貧窮的英國家庭。他曾經描述自己總是像個「外人」。美國知名作家厄普戴克（John Updike）的家庭在賓州小鎮中的地位不高。他坦承，在某些場合中遇見階級較高的人他還是會像小孩子一樣，緊張的結結巴巴，說不出話。

懷德曼（John Wideman）是一個展現出下層社會、或族群認同感的最明顯例子。懷德曼來自於匹茲堡非裔美國人的貧民窟。家庭的鼓勵再加上老師對懷德曼的信心，讓他不僅順利進入大學，更成為受人敬重的教授以及暢銷作家。然而，懷德曼發覺自己每天起床會喃喃自語，怕在當天就被眾人發現他是個騙子。前述提及的哈佛大學社會學家何門史當他知道約翰亞當斯是自己的祖先後，這種令人苦惱的想法消失的無影無蹤。

來自於低階家庭的青少年由於表現傑出，有機會進入一流大學，但當他們與來自富裕家庭的同學互動時，心理還是有些疙瘩。如果要他們轉到不那麼優秀、昂貴的大學也不合理，因為唯有如此才能讓自己脫離貧窮或他人的惡意中傷。

某些非裔美籍的名嘴猛烈批評非裔美籍的高中學生。他們表示，學生成績表現不理想的原因是，他們在潛意識認為只有白種人才能擁有好成績。如果他們表現傑出，一定是擁有某種同儕討厭的性格。還記得前面提過的波蘭記者。當她發現母親是猶太人時有多痛苦。

社會階級對小孩的發展十分重要的另一個原因是，教養小孩的方式。中產階級雙親最關心的是地位的喪失，因此他們讓小孩社會化，適應社會主流的道德觀。在現今的美國社會，意味著小孩必須成績優良，不惹麻煩，在某方面表現出眾。

雜誌上的汽車廣告若針對中上階級的讀者，廣告訴求會主打擁有這輛車，你的身分地位將與其他人「不同」；若讀者換成勞工階級，廣告訴求則換成擁有這輛車，你將可與朋友「平起平坐」。

許多美國父母沒完成高中學業，且年收入少於3萬美元。可悲的是，他們會告誡子女生活在社會的中下階級是他們的宿命。相對的，這些父母對於小孩侵犯別人、或不誠實等壞習慣會睜一隻眼，閉一隻眼，只要能賺到錢或交到朋友。此外，他們也不鼓勵小孩積極投入學業，他們不相信成績優秀對未來有任何助益。這種教養方式正好解釋為何已開發國家的學術研究較為普及。

在美國，約有百分之十五（約4千5百萬）的人口被歸為貧戶。在這些中低收入戶中，約有50萬名兒童一年級的閱讀與數字觀念低於平均能力，人數為中產階級兒童的四倍；在小學時被診斷出有學習障礙的小孩約為中產階級的兩倍；他們在高中畢業前很容易辦理休學。2005年，美國十大城市最容易自殺的人口，集中於教育程度較低（高中沒畢業）的區域。

二次世界大戰，同盟國的炸彈集中摧毀波蘭首府華沙。1945年，蘇聯佔領波蘭，當時的政府希望實現蘇維埃無階級的理念，因此強迫教育程度不同的家庭居住在同一棟公寓，不同階級的小孩上一所學校。姑且不論是否有相似的居住環境、遊戲空間、老師或教室，上過大學的父母親教出的小孩，比父母沒唸過大學的成績要好。教育程度較高的雙親喜歡閱讀雜誌、書籍，在餐桌上也常討論一些政治或科學相關話題。這些經驗再加上用功讀書讓中產階級的小孩相信，知識上的成就有其重要性，且會帶來他人的讚賞與崇拜。

我曾經研究過美國中產階級與勞工階級的教養觀念。當時我要求參加實驗的母親聆聽一段三百字的文章，內容描述表達情感對年幼孩童的優缺點。接著，我希望這些母親盡可能記住文章內容。我對結果感到十分訝異。中產階級母親記得的句子大多是，小孩被擁抱或親吻時所感到的安全與愉悅感；相反的，勞工階級母親則是記住身體的碰觸會讓小孩軟弱，容易與殘酷的現實生活妥協。

不同階級的雙親對待女兒的方式完全不同。美國中產階級雙親認為男女平等。他們要求女兒不一定得順從男孩，也不須過於擔心外表，更不用壓抑自己想成為領導者的慾望。至於勞工階級的父母親則以為女兒要脫離現狀唯一的方式，就是嫁給有穩定工作與高薪的丈夫。當然，如果女兒的外表對異性有吸引力，這個目標較容易達成。

在為4歲到6歲小女孩報名選美比賽的家庭中，有百分之八十來自於勞工階級。雖然他們的薪資有限，卻捨得花大把鈔票為女兒置裝，只為了在選美比賽中脫穎而出。貧窮的非裔美籍單親媽媽通常得負擔家中生計。她們會教育女兒盡量順從男性要求，破除對方對黑人女性強勢的刻板印象[41]。

據了解，來自於中下階家庭的青少女（不論任何種族）較不會避孕，也不堅持性伴侶必須使用保險套。反觀中產階級的年輕女性由於害怕懷孕，因此會採取安全的避孕方式，即使這些方法無法讓自己與對方產生極大的愉悅感。

同樣的，階級不同教導兒子的方式也不一樣。勞動階級雙親鼓勵兒子擁有強健的體魄或性能力；中產階級雙親則希望兒子能擁有和善的臉龐，親切的對待所有女性。也因此，不同階級的青少男與青少女早期的行為、資質、興趣與信仰可說截然不同。

簡單來說，雙親對待小孩的方式，平常的行為，以及小孩對家庭、種族、宗教與階級的認同感導致他們有不同的自我期許。許多來自於中低階層或弱勢家庭的人對未來沒有安全感，因此很容易抽煙、酗酒、濫用藥物、過於肥胖，或者容易感到絕望、憤怒與焦慮。階級造成的心理狀況遠比基因導致的問題還要嚴重。

1996年，一份關於美國人的調查顯示，來自弱勢家庭的女性感到焦慮、憤怒與悲傷的程度最高。至於教育程度不高的成年人所找到的工作通常是被管理，而非主管。這種狀況讓這些人每天都鬱鬱寡歡，長時間的狀況下將可能改變基因與心理功能，導致疾病纏身。與上流社會的人相比，中下階層的生命週期較短。舉例來說，英國教授的平均壽命比勞工階級還要多出7年，兩者的壽命為79歲與72歲。

童年時期的弱勢和氣質一樣，只是一種最初始的差異，無法決定一個人的未來。許多生長在貧窮、弱勢家庭的兒童長大後成為各方面表現傑出的成人。這就是所謂的美國夢，也解釋為什麼許多貧窮移民離開自己的國家，希望在美國創造更好的生活模式。不管是氣質或生活經驗都無法決定一個人的未來。再次強調，**每種要素都只是一個開始，絕對可以克服**。

雖然「階級」也發生在猴子、狒狒與黑猩猩社會，但牠們決定層級高低的標準在於戰鬥力與勇猛。當公猴子位居統治地位時會釋放較多的性荷爾蒙，因為牠們隨時隨地都得準備戰鬥，保護自己至高無上的地位。至於身為部屬的猴子若遇到挑戰釋放的是壓力荷爾蒙「可體松」。牠們通常會圍繞在首領附近，希望能討好統治者。狒狒群體數目約在1百隻左右，互相知道彼此的層級。

人類經常互動的群體數也約1百人左右。居住在太平洋珊瑚礁裡的某種魚類正是代表階層的最好例子。牠們的群體數有六至七隻母魚，全都隸屬於一隻公魚；而在母魚之中又有地位高低之分。一旦公魚死亡，地位最高的母魚會進行構造與心理上的轉變，而成為一隻公魚！社會學家發現不管在動物界或人類社會，最經得起考驗的論據就是階層所導致的結果。

排行老幾大有關係

兄弟姊妹的數目與年齡差距對兒童的態度、情緒與行為具有微量的影響力。兒童心理學家科奇（Helen Koch）1950年代曾在芝加哥大學工作。她當時的研究對象為5歲與6歲的兒童。這些兒童大多來自中產階級，且家中擁有兩個小孩。與老二相比，老大較好強。比賽輸了或成績不理想，老大通常會十分沮喪；此外他們也十分在意自己在同儕中的地位。

中產階級家庭的第一個小孩通常擁有父母全心全意的愛。他們很容易達成父母在課業上的要求，更將一些權威者，如老師、警察、醫生等視為模仿的典範。這種討人喜歡的態度正是他們對父母看法的延伸，因此他們經常能躲過懲罰，獲得意外的好處。每年美國高中、大學的畢業生代表，以及《美國名人錄》（Who's Who in America）中的傑出人士有超過一定比例在家中排行是老大。假設家中的兩兄弟均為美國大聯盟球員，哥哥的打擊率一定高於弟弟。

第二個小孩，尤其與老大同性別且年齡差距小於4歲，會十分嫉妒老大所享受關注與特權，暗地裡常會對父母產生怨恨。一旦產生不公平待遇時，這種情緒將擴及所有權威者。與老大的崇拜心態相反，老二認為權威者不過是一些紙老虎。他們不愛唸書。若居住地點充滿各式誘惑，他們很容易有犯罪行為。懷德曼是老大，他弟弟則因武裝搶劫，槍殺一個人而終身被監禁在賓州監獄。老大選擇的職業是長輩心中的「好工作」，如律師、醫生或商人；老二選擇的大多為作家、藝術家等挑戰現狀的職業。

當華倫委員會（Warren Commission）公布奧斯華（Lee Harvey Oswald）1963年槍殺約翰甘迺迪（John F. Kennedy）是他一人單獨行動的報告時，那天我正好在教哈佛大學部的學生。那份報告讓暗殺是陰謀論的謠言迄今仍然無解。隔天，我要求學生走遍校園，訪談每位知道華倫報告的大學生，詢問他們這份報告的可信度；最後要他們說出在家中的排行。

大部分排行老大的哈佛學生相信權威，同意華倫委員會的決策。至於老二對權威保持質疑態度，不相信報告結果。身為長子的我當然也相信委員會的調查結果。瑪喬莉與麗莎的氣質特點也與家中排行有密切關係。瑪喬莉是老大，她時時刻刻擔心違反父母的想法；在家排行老二的麗莎則經常挑戰父母的權威。

第一個小孩能獲得母親全心全意的照顧，因此和母親關係最密切；至於第二個小孩則與父親較為親密。家中若有三、四個小孩，老二或老三最容易被人忽略，因為老大與老么通常會因不同原因獲得父母特別的照顧，也因此老二或老三會比老大或老么在青少年時期容易有自殘行為，如割腕。

加州大學的歷史學家與心理學家蘇洛威（Frank Sulloway）發現，身為老二的科學家比老大更容易創新，也較能支持挑戰舊權威的理論，並對社會大眾信服的想法提出質疑。挑戰聖經中地球位置的哥白尼，以及人類源起的達爾文在家中都是排行老二。當他們的理論還未被廣泛接受前，支持他們的科學家也大多為老二。換言之，與老大相比，老二較能支持激進的理論，再加上如果他們來自於沒有特權的家庭，對於反叛思想的接受度將更大。

大部分支持佛洛伊德，接著在20世紀初期成立「國際心理分析學會」的學者也都是老二。如果反抗者相信自己有權力質疑現狀，他們將更有推廣創新想法的熱誠。這種想法可能源自於幾種情況，如獲得世俗成就，為他人犧牲的生活，被受人尊敬的人所喜愛，或某人曾受到不公平待遇等。我猜想，最後一種狀況應該是老二推廣獨創想法的主要原因。

當然，許多提出創新想法的科學家排行老大，例如愛因斯坦。然而在相對論還備受爭議時，接受這項理論的物理學家大多為老二。更重要的是，當時的公眾價值並未受到相對論嚴重威脅，可能原因或許是民眾還無法全面瞭解這項理論。19世紀歐洲社會就因為達爾文的物競天擇備受衝擊。

緊鄰強勢大國的小國家通常是創新寫作格式的發源地，這種關係就像是排行老二的人最常提出新觀點。被英格蘭統治超過1千年的愛爾蘭正是許多知名文學家的家鄉，如蕭伯納、喬伊斯、湯瑪士（Dylan Thomas）與貝克特（Samuel Beckett）。這些文學家都挑戰了當代寫作方式以及社會主流的價值觀。

小我4歲的弟弟長年生活在我的陰影下，他最討厭老師拿他的成績和我比較。為了發掘自己的特點，他選擇法律，而非科學。在他40歲時開始有宗教信仰，並經常提醒我無神論會有何後果。我猜想他的宗教信仰可能對他有幾項好處，其中之一就是讓他覺得自己優於我這個哥哥。

寧為雞首不為牛後

幾乎每兩個美國人中就有一個住在大城市。令人驚訝的是，在《美國名人錄》中知名人士小時候都是待在小鄉村，而非來自於擁有各式藝術、科學博物館，圖書館、大學等能讓小孩自我學習的城市。

在20世紀最卓越的22名天文學家中，有三分之二來自於小鎮，包括荷金爾（Fred Hoyle）、皮伯斯（James Peebles）與昆恩（James Gunn）。此外，最著名的太空人葛倫（John Glenn）以及美國歷任總統，如卡特、尼克森、雷根以及柯林頓的童年時期均在小鎮度過。這種現象與一般觀念背道而馳，主因在於小孩會不斷的拿自己與同儕比較，以決定自己應該擁有怎樣的資質、運動神經、個性與吸引力。

想像一下，14歲的愛麗絲生長在人口只有3萬人的伊利諾州小鎮。從小到大，她不僅名列前茅，還展現音樂天分，更擁有許多朋友。小鎮中沒有幾個人能比得上愛麗絲，因此她會認為自己是獨一無二的。

相對的，如果愛麗絲居住在大城市芝加哥，她會認識許多與她能力相當或更好的女孩，她可能會認為自己不特別聰明或傑出。換句話說，居住在大城市會提醒每個人自己不是最特別的。一個天資聰穎的小孩若在小城鎮中成長會增強自己的優越感與自信心。這種現象我們稱之為「寧為雞首，不為牛後」。

高中生很容易在小鎮中被選為體育校隊、模範生、班上的戲劇表演，或贏得科學競賽大獎，至於在大城市幾千人的學校中，這種機會少之又少。另一名傑出的天文學家米斯勒（Charles Misner）曾在密西根小鎮上小學，他在七年級時曾贏得科學競賽大獎。來自於小鎮的年輕人更懂得如何處理人際關係，他們不常遇見陌生人，也不喜歡自己被埋沒在茫茫人海中。

這或許可以解釋為什麼英格蘭、蘇格蘭與威爾斯小鎮中，罹患精神疾病的人遠低於大城市。最後，許多來自小城鎮的青少年，瞭解一旦他們出現不合群或惡作劇的行為，很快就會傳遍大街小巷。這種快速傳播具有抑制作用，約束小鎮青少年的行為。城市越大，小孩越容易學習到不良行為，如破壞建築物等。換句話說，適當的抑制會讓不法行為減少。假設兩名擁有完全相同氣質的青少年，成人後卻長成不同的性格，對未來有不同期許，也許他們一名生長在小城鎮，而另一位來自於大城市。

我從小生長在紐澤西州中部。在1930、40年代，我居住的城鎮不到2萬人，我上的高中甚至只有8百人。我參與班上許多戲劇演出，並在樂隊吹奏小喇叭。由於我的成績排名全校前三名，校長因此送我到紐約參加全國高中對國際關係的研討會。一位《紐約論壇報》（New York Herald Tribune）記者恰巧拍到我的照片，隔天登上報紙版面。想想，《紐約論壇報》上不僅有我的照片，還有讚賞的文字說明，這對16歲青少年來說是個絕無僅有的經驗，也更加深我的優越感。如果我從小居住的城市換成紐約、芝加哥或洛杉磯，被選中參加研討會的機會就微乎其微。

年代不同了！比起女巫，化工廠廢料更駭人

文化與歷史年代會對擁有某種氣質的個人行為、價值觀、重視的事情與情緒產生限制，因為不同文化會有不同的讚賞標準，道德觀，信仰以及害怕的威脅。引起人類突如其來、不舒服的緊張，進而產生焦慮、羞愧或內咎感的七項原因：

(1)由於疾病、傷害或暴力攻擊對人體產生危害。

(2)因違反社會道德標準而受到指責。
(3)高壓迫害、強勢統治或威脅恐嚇。
(4)失去摯愛。
(5)失去財產。
(6)為了成就、人際關係或其他道德規則，違反自己訂下的道德標準。
(7)對未來的不確定性。

相較於17世紀的美國人，現代人較不需擔心前面三項；然而，對第四項到第七項的憂慮卻日漸加深。歷史與文化背景不僅影響階層制度的重要性，也影響我們如何處理低潮情緒。中古世紀歐洲社會曾出現七項原罪，全是隱藏在人類內心深處，包括驕傲、憤怒、嫉妒、貪婪、暴食、淫慾與怠惰。人若出現上述任一項慾望都會產生不安的感覺。

現在的歐洲，大概只剩暴食與怠惰仍被認為具心理上的原罪。至於另外五項則被下面三種情況取代，(1)無法維持地位與高薪；(2)沒有性生活的婚姻關係；(3)沒有親密的人際關係。

個人可以藉由某種精神寄託解緩低潮的情緒，這種方式在天主教徒與中古世紀歐洲十分受歡迎。少部分人依賴家族卓越的貢獻，如何門史。然而，這兩種方式似乎在早期比較有效，現代人反而以物質上的財富與職業別來振奮情緒，只是必須不斷與他人比較，才能知道財富與職業是否在他人之上。

就算沒有比較，人類還是可以瞭解嫉妒與貪婪的感覺，只是現代青少年與成年人情緒低潮大多是因別人而起。為了減少焦慮、羞恥或罪惡感，人類必須不停說服自己絕對比別人「優秀」。如果瑪喬莉生長在西元1200年的法國鄉村，她就不須擔心內心深處的性幻想，以及對表現出眾的朋友感到嫉妒與憤怒，更不用擔心會遇到陌生人，拜訪陌生城市或申請大學失敗。

17世紀的歐洲人相信惡魔能佔領人類的靈魂，將他們變成女巫，也因此他們不停的被內疚與絕望折磨。現代歐洲人同樣深感內疚與絕望，但原因是害怕失去一切以及無法達成自己的期望。歷史學家羅比蕭克斯描述1672年德國小鎮胡登，某間磨坊主人的老婆被控訴使用巫術在慶祝「懺悔星期二」（Shrove Tuesday）的薄餅中下毒，置鄰居於死地，讓小鎮瀰漫著一股焦躁不安。現今同一個區域的居民擔心的不再是巫術，而是化學工廠排放廢料，污染當地水源，讓當地居民罹患各種致命癌症。

另一個文化影響情緒與行為的例子，許多貧窮的泰國父母會將正值花樣年華的女兒推入火坑，讓她們終身賣淫。泰國雛妓人口比例很高，原因在於貧窮的環境，以及泰國北方流行的大藏佛教有關。這個宗教主張女兒有義務協助父母脫離貧窮。在當地賣淫可能是唯一的方法，所以才被視為是合理的行為。

若把場景換到洛杉磯，同樣的行為可能只是為了求生存。距今約7百年前（西元400年至1100年），許多貧窮的歐洲人殺死自己養不起的小孩；現在若養不起小孩，父母通常會將他們送去社會局等待認養。

17世紀美國殖民時代之下，小孩若展現極度自主權或反抗，父母會施予不合情理的懲罰。藝術大師博德（Samuel Byrd）的小孩若是尿床，他會懲罰小孩喝下「一大碗的小便」。二次世界大戰之前，日本父親對待兒子的方式異常嚴格，但許多人因而成為各領域的佼佼者。某家汽車公司總裁曾回憶他的父親：「他不生氣時，不會一直嘮叨或抱怨；一旦生氣，我真的很害怕。」

另一名事業有成的醫師描述他的父親，「我父親有種說不出的威嚴，盛氣凌人，他經常怒氣衝天…。當我在隔壁房間聽到父親斥責別人，我的背脊會不由自主的發涼。」

這些父親從未想過自己是屬於拒絕型父母，也不知道兒子從未感受過他的愛，因為孩子完全是藉由父母的行為判斷自己是否被愛。

在14世紀的歐洲，父母大多期望小孩能往宗教界發展；而現在生長在歐美社會的小孩則有權力決定是否要成為神職人員、不可知論者（無法肯定神是否存在）或無神論者。無論現代青少年選擇信奉基督教、猶太教或回教一定有各種不同的原因，與7百年前被迫信仰宗教的情形完全不同。與瑪喬莉擁有相同氣質的小孩通常會有宗教信仰，這麼做會減緩緊張感，讓心寧更平靜。

1927年還未發生經濟大蕭條與二次世界大戰前，知名的法國作家莫洛亞曾造訪美國。他對美國人生性樂觀、自信與開朗印象深刻，反觀歐洲當時則充斥著憤世嫉俗的言論。如果場景換到現代，莫洛亞可能會發現美國社會不但變得相當憤世嫉俗，也奉行許多他無法想像的價值觀。

喚醒內心深處的問題已隨著時間改變。1千年前，歐洲人最關心的是「知道某些事情」。到了7百年前，關心的議題改為人類天性以及掌控宇宙運行的法則。當人類知識到達某個程度後，現代人反而開始思考、追求更高的道德標準。

人口密度的變化同樣影響個人對某種行為是否產生羞恥心。小城鎮的人口逐漸外移，而人口多於5百萬的大城市居住人數則不斷增加，這讓許多青少年與成年人不再過於在意陌生人的看法。換句話說，以前由於氣質影響，個體違反某些道德標準時，可能會尷尬、臉紅，現在可就不同。氣質已經不再是影響性格養成的主因。

最後，歷史的變遷也扮演著影響兒童與青少年對家庭、種族、宗教與國家是否有強烈認同感的重要角色。舉例來說，新英格蘭殖民時期的居民，對於種族與國家的認同感超越社會地位，原因有二。首先，當時這個區域除了白種人外，還有許多印地安人；第二點，當時財富差距不大，所以社會階層不明顯。

然而，1890年代的工業革命將貧富差距拉大，因此社會地位益顯重要。20年後，歐洲天主教與猶太教移民越來越多，新教徒備受威脅，多元化的宗教信仰讓宗教認同感越形重要。當美國的種族與宗教信仰差異越大，就會引起強烈的認同感，也因此現在的政治人物不再以愛國心為號召，也不再依賴愛國主義解決國家危機。

長久以來，美國人最擔心被愛人、配偶、好朋友或員工背叛，最近50年尤其明顯。知名小說《追風箏的孩子》便與此主題有關，後來更拍成電影；時下青少年最常下載的音樂內容也都與背叛有關。換言之，這種心理狀態在歷史事件中的確產生某種作用。

其中一項重要的原因為鄉村人口不斷湧入城市，彼此都十分陌生。第二項原因我們可從20世紀末期心理學家、生物學家與經濟學者著作中得知（儘管沒有有力證據）。個人視自己的快樂重於家人或朋友的福祉，這只是一種自然法則。事實上，這種情況自古皆然。

18世紀的亞當史密斯主張，如果個人追求自我利益，社會將更繁榮。換言之，心理分析家、社會生物學家、經濟學家認為如果人類先滿足自己的慾望，再致力滿足他人的需求與期望，就像其他動物一樣，人類將更滿足、健康與理智。一旦接受這種假設意味著如果你的朋友、愛人或配偶面臨自我與他人利益抉擇時，他們寧願背叛你，以自己為優先。

我推測西元4百年前雅典人的氣質可能與現在差不多。現今社會狀況的影響可能導致出現連柏拉圖也無法瞭解的人格特質，包括少女的暴食、催吐、割腕、口交，以及青少年販毒、加入幫派、相互鬥毆等。這也是為什麼極力主張氣質無法決定人格特質，只能限制人格發展的方向。假設人類有能力發展2千種不同的能力、行動方式、價值觀以及情感。某種特殊的氣質或許會減少這兩千種可能性，但重要的部分還是會保持。

舉例來說，瑪喬莉遺傳的氣質讓她不可能成為出眾、外向、精力充沛的青少年，但絕不會妨礙她獲得幸福美滿的婚姻，成為一個自信的母親或知名作家。相對的，麗莎不會產生社交恐懼、憂鬱或自殺傾向，也不可能成為討厭冒險的宅女，但麗莎的婚姻可能不幸福，小孩在校成績不理想，更可能是一個不得志的教授。

若有人要求你預測10磅石頭從1千英呎高山上滾下之後的著陸點，你可能會先藉由石頭的重量、形狀以及在山上的位置判斷石頭「不會」落在哪裡。但你無法準確預測石頭的落點，因為你不知道落下過程中，石頭是否會經過峽谷，擊中其他巨石或樹枝。

小孩的社會地位，種族，兄弟姊妹人數，家族精神病史，搬家次數，居住地區大小，以及是否經歷離婚，父母是否健在等因素，都有可能影響最後的人格養成。我們無法在小孩一、兩歲時就能預測上述這些經驗；換句話說，不可能由某種類型的氣質預測長大成人後的個性。如果7千萬年前義大利北方的地殼沒有隆起，那麼這個地區還是一片汪洋，不會有現在的地中海與黑海。

生活經驗對於百分之八十的兒童與青年有極大的影響力，但前提是這些小孩的氣質不是非常極端。要改變一個擁有極端氣質的小孩也不無可能，但機率微乎其微。舉例來說，雖然時代轉變讓美國青少女較容易產生攻擊行為，但機率還是遠低於男性。

若小孩在3歲之前沒有獲得良好的照顧，如羅馬尼亞的孤兒，語言與人際關係的測試成績，通常會落在倒數百分之十的群組中。即使被健全家庭領養可以增進語言與人際發展，與一般兒童相比還是有些微差距。因為在養父母的關愛之前，他們已經遭受失去摯愛的痛苦。家庭與學校環境很容易製造令人焦慮、內疚或悲傷的感覺；但環境也必須與出眾的氣質相輔相成，才得以培養出如金恩博士或希普拉斯的性格。俗話說「朽木不可雕」正是此意。

39：認同感（identification）。一種心理狀態。與其他人或團體擁有共同特徵因而產生感同身受的感覺。

40：社會階層（social class）。個人或家庭是否擁有社會所期待的相對排序。在西方社會，財富、教育程度、職業都是衡量的標準。

41：刻板印象（stereotypes）。對於群體中的個人所產生僵硬、抽象的描述。通常群體指的是種族、宗教或國家。

4 TEMPERAMENT AND GENDER

新時代的產物

草食男與肉食女

幾乎所有文化都認定，男女之間不同的生物機制正是造成兩性情緒、動機與行為差異的主因，但二次世界大戰後，歐洲與北美洲少數高知識分子則大聲反對這種論調。當時的反對聲浪由歐洲的西蒙波娃與美國的傅瑞丹（Betty Friedan）主導。越來越多女性主張兩性的生理機能相差無幾，一切只是社會的刻板印象。

幾乎所有科學家都承認文化與社會對男女的獨特性具有決定性的影響。至於兩性在沙烏地阿拉伯、日本、坦尚尼亞、波利維亞、美國等地所展現的差異更是文化影響的結果。儘管文化與社會的顯著影響，還是有少部分的心理特徵能區別男性與女性，不管在哪個地區或哪個時代都是如此。在正式說明男女氣質概況前，先大致說明各個研究報告中所提及的兩性心理差異。

男人害怕沒男子氣概，女人擔心人緣差

兒童早期，也就是在受到朋友、老師與媒體影響前，性別差異大多為基礎偏差。記住，當科學家認為男性或女性擁有某種特質，指的是特質的強烈程度與發生頻率，而非只有某種性別才擁有此特質。

雖然科學家不可能深入瞭解每種文化，對已消失的社會也一無所知，但種種證據顯示男女之間的確存在某些差異。不管在哪個社會的男性：

(1)經常從事需要活力與肌力的活動。
(2)喜歡參加有競爭性，最後會產生冠軍的遊戲。
(3)對同儕顯示出侵略行為，對長輩不一定會言聽計從。

相對的，女性則是：

(1)會與少數女性友人建立親密，而非競爭關係。
(2)對潛在傷害或社會排斥，顯現較強烈的緊張與焦慮徵兆。
(3)語言能力較佳。

50幾年前，人類學家懷亭夫婦（John and Beatrice Whiting）將學生送進菲律賓、肯亞、北印度、墨西哥南部、沖繩與新英格蘭等六個地區的小鎮，觀察4歲至9歲兒童在自然社會中的生長情形。他們的發現並不令人意外。幾乎在所有文化中，女孩較擅於照顧別人；至於男孩的行為較具侵略性，較常相互辱罵，以及打打鬧鬧。美洲與歐洲學齡前兒童的研究也有類似發現。男性通常擁有雄心壯志，而女性追求的通常是親密關係。

我曾經觀察2、3歲的兒童在圖書館遊戲室玩耍。約有百分之二十的小男生會打開大型書櫃，爬進去裡面；我倒是沒看到小女生這麼做。當兩個互不認識的女孩在遊戲室遇到，沒幾分鐘，她們就會玩在一塊兒；至於男孩則會對其他人保持警戒。

美國一年級小學生通常會將權力與男性劃上等號，溫和則等同於女性。我曾經在研究中對兒童展示兩張圖。圖上的動物或物體顯現不同的力量與強弱，由兒童指出哪一張代表男性，哪一張代表女性。大部分兒童選擇較強壯、有力量、較不害怕的動物或物體為男性象徵；選擇較柔弱，顯現恐懼的物體或動物為女性象徵。

舉例來說，在6歲小孩面前擺了兩張形狀與顏色相同，只有尺寸不同的桌子。他們認為大桌子代表男生，小桌子代表女生。此外，他們還認為鋸齒狀設計象徵男性，流線型設計代表女性。當我們詢問理由，他們只說鋸齒角度可能會造成傷害。這種說法或許不只是巧合。柏拉圖認為食物的味道也有形狀，酸味嘗起來似乎有角度，就像鋸齒狀設計，甜味嘗起來則像圓形。

布羅迪（Leslie Brody）曾寫過一本描述性別差異的著作。書中提及，一名7歲的小女孩蘇菲表示，「我不想變得太強壯。我真的不想變大，更不想有太多肌肉」。另一名小男孩則說，「如果女生太強悍，沒有人會跟她玩。」雖然認知發展伴隨著大腦成熟讓7歲小孩對刻板印象多了一點彈性，但與男生擁有女性特質比較，女生似乎較能接受自己擁有肌肉。換句話說，若男生的特質不符合眾人期待時較容易受同儕排斥。

尺寸與力量，似乎是動物區分性別最明顯的兩項特質，當然，人類也不例外。所有兒童都知道，男生體型較大、較強壯且跑的較快。即使現今許多男性坐在辦公室上班，有些女性參與道路建築工程，我們對於兩性最初始的認知還是難以抹滅。

來自世界各地的兒童應該都會同意古希臘人的論點：男生是強而有力的象徵。亞里斯多德相信，男性與女性同時將性別種子放進胚胎中。男性的種子存在於精液；而女性的種子則在月經裡。然而，只有男性才有足夠的體熱將種子傳送至白色液體，繁衍下一代。女性的身體過冷所以經血還是儲存於體內。

除了動物界，自然界與加工製造的物體也有女性與男性象徵。許多兒童認為自然界的雲、湖泊、植物代表女性；至於一般使用的物體則代表男性。這些認知的前提是小朋友必須知道只有女性才能懷孕、生產與哺育嬰兒。19世紀還未出現有效的避孕方式，懷孕與生產是女性最明顯的特徵。新生命的誕生，不管是小貓、小魚的出生或花朵的綻放都是自然界的本質，也因此女性會被認為更貼近自然。既然理性被視為與自然相對立，歐洲人因而視男性為理性的代表。

為了維持和諧的人際關係，女生通常對害羞或恐懼的同性友人十分友善。如前所述，**生性害羞的女生似乎較容易克服在眾人面前「怯場」。不幸的是，男生對待「嬌弱」的同性友人通常都十分嚴厲，因為這種特質與我們對男性的期待完全不符**，也因此害羞、膽小的男生更會封閉在自己的世界裡。拉丁美洲男性通常較歐洲或北美洲男性更具權威，因此他們最怕在朋友或女性面前沒有「男子氣概」，這種觀念也深深影響他們的社交關係。

大部分研究成人的報告指出，小男生與小女生之間的差異長大後仍舊存在。不管在哪個社會，男性通常較具侵略性，容易居於主導地位。女性則容易感到焦慮與憂鬱，也對可能引起疾病的灰塵、昆蟲或小動物避而遠之。經過調查，有31個不同的社會文化會以「積極」、「具侵略性」、「衝動」以及「野心勃勃」形容男性，而「溫柔」、「焦慮」、「憂鬱」、「恐懼」、「溫和」等詞較常用來形容女性。

給父母看一張有嬰兒臉部表情的照片時，若他們相信照片上是男生，會認為他正在生氣；若相信照片上是女生，則會認為小女生的表情是恐懼或悲傷。另一群心理學家詢問實驗對象哪些性格會讓他們備感自信。研究人員比較來自於15個不同團體，3萬2千名實驗對象後得知，女性通常認為關愛的態度、忠誠以及虔誠的信仰能讓她們感覺良好。

西元2世紀名醫蓋倫曾研究過人類氣質。他假設女性在生理上的特質偏向寒冷與潮濕，男性則是天生炎熱與乾燥。濕與冷恰巧是冬天的象徵，人體在此時期容易變得冷漠。蓋倫認為女性在氣質上會有冷漠與憂鬱的傾向，這項早期論證後來也獲得證實，女性罹患憂鬱症的比率的確高於男性。

不管是17世紀的英國，還是現今的美國或信仰伊斯蘭教的女性，他們的日記裡經常充滿著悲傷與絕望的言論。哲學家威廉・詹姆士（William James）與亨利・詹姆士（Henry James）的妹妹愛麗絲・詹姆士（Alice James）在1867與1868年飽受憂鬱症所苦。她認為鬱悶的情緒全都源自於「天生的氣質」，她在日記裡寫著，「在我情緒激動過後，我躺下來…。我看的十分清楚，這是一場身體與意志的戰爭。我的身體最後一定是勝利者。」

男性大多只關心權力以及是否位居優勢，很少在意人際關係發展的品質與深度。姑且不論關心的力量指的是領導地位、身體狀況、資質、運動神經、性能力、膽子，還是反抗攻擊或高壓統治的能力，男性最害怕的就是別人質疑自己的男子氣概；女性最擔心的則是人緣變差。

此外，男女在不同文化裡，對配偶出軌的看法也有些微不同，相同的是兩性皆視此為一種背叛。男性擔憂另一半如果發現更契合的性伴侶會離他而去，這意味著他對配偶的吸引力降低。最令女性擔憂的是無法維繫與另一半的感情，這代表著她們將失去感情上的支持。

即使兩性對事情的生物反應類似，但心理狀態卻大不相同。面對即將來臨的競賽，大學男生與女生的壓力荷爾蒙可體松會上升。然而，男生可體松大量升高的原因在於優勝能贏得同儕的尊敬；女生上升的原因則是優勝能加深自己與隊友的感情。雅各布（Francois Jacob）與蒙塔西妮（Rita Levi-Montalcini）都是諾貝爾生物學得主。雅各布在回憶錄描述的是他在生物界孤獨、競爭的生態，蒙塔西妮在回憶錄裡強調的是她與其他生物學家的學術關係。

我在哈佛大學工作期間，曾參加許多探討各項議題的委員會。如果委員會由男性組成，前兩次的會議必定是在推派代表、以及建立委員會的層級，而非討論手上的議題。相對的，如果委員會主要由女性組成，她們一定快速解決問題，避免引起會內成員不必要的爭執。

伊利諾大學歐斯古德（Charles Osgood）與研究人員詢問來自世界各地使用不同語言的成人，要他們將兩組截然不同的形容詞：「強壯 vs. 軟弱」與「積極 vs. 被動」應用在各種物體、動物或社會角色。不論男女都傾向將強壯與積極用在較陽剛的物體、動物與社會角色，如獅子、太陽或馬拉松選手；至於軟弱與被動則用來形容陰柔的物體、動物與社會角色，如兔子、月亮或嬰兒。

不管在詩詞中，或西元前5世紀作品遠近馳名的希臘作家蘇弗克里茲（Sophocles）的劇作中，女性被形容為較無法控制自己的情感。舉例來說，蘇弗克里茲這麼形容女愛神阿弗羅狄特（Aphrodite），「她十分瘋狂。她擁有熱切的慾望。她痛苦、悲傷、憤怒、恐懼的哀嚎著。」反觀男愛神邱比特（Eros），蘇弗克里茲形容他擁有異常的自制力：「在戰鬥中從未被征服！他會跟著百姓一起跳下。」

人類潛意識對自然與女性的連結，可看出一個社會對「自然」的概念如何影響兩性的刻板印象。中古世紀歐洲的天主教徒將性慾當成一種不道德的本能。他們將女性視為肉慾與不幸的象徵，導致當時許多女性被誣指為女巫。然而5百年後，性慾以及它所帶來的愉悅感反而成為健康與生命力的泉源，此時社會對女性的觀感就和善多了。18世紀歐洲不僅對女性的看法轉變，也認為大自然是一種高雅、美麗的象徵，而不再是嚴肅與死亡的代表。

當然，男性與女性的象徵與某種特殊的時空背景有關。在西班牙北部的自治區加利西亞（Galicia）為母系社會，女性長時間在外工作，為社會的核心。當加利西亞人表示女性是和善的，意指女性身為母親的角色；當加利西亞人表示女性掌控權力，意指女性需要每天工作；當加利西亞人形容女性是順從的，代表女性與男性之間的關係。

許多性別差異來自於男性與女性、男孩與女孩互相比較對方的力量、天分、意圖與煩惱而來。大部分6歲女孩知道男生比較強壯，跑得比較快，受傷也不輕易哭泣。這些觀察讓女孩認為女性的力量較小，容易感到痛苦與恐懼。假設男孩或女孩在10歲或12歲之前從未與另一種性別互動，6歲的小女孩或許不會產生上述的結論。

換句話說，雖然身體的力量與看不見的生物特徵或許不會改變，但小孩對於力量的推論可能完全改觀。這也是為什麼西蒙波娃在書中提及，性別是一種社會建構下的產物。動物界也有類似的現象。當男性荷爾蒙急速上升時，年輕的公象會變得十分暴力，但群體中如果有一、兩隻成熟的公象，這種具侵略性的期間便會縮短。

若男孩或女孩只與同性互動時，性別差異似乎會減小，甚至消失。然而，這種假設卻不適用於猴子與黑猩猩。公恆河猴就像小男生一樣，喜歡有輪子的玩具遠甚於玩偶，因為前者可讓牠們運用肌肉促使玩具往前移動。此外，來自於18個不同動物園的猩猩性別差異，也與人類性別差異相同。母猩猩較不衝動，沒有侵略性，能協助同伴以及較和善。猴子與猩猩的性別差異與人類如此相似，也因此很難駁斥，人類的某些性別差異的確是來自於先天的生理結構不同。

目前我們還無法百分之百瞭解人類生理運作，但這就像氣質一樣也會受到經驗的影響而產生變化。在此我們將提出某些已獲得證實的生物機制供讀者參考。

男人的確比女人更容易變

許多證據顯示，男性在生理與心理的變化比女性大。比如說，較多男性在認知能力測驗中不是最高分，就是最低分；也有較多的男性身高不是特別高，就是特別矮。這種現象主要原因在於女性擁有兩個X染色體，男性只有一個。女性身體細胞中的兩條X染色體中有一條是處於休眠狀態（至於休眠的是哪一條則是隨機過程），染色體上若有任何對偶基因受損，男性身體發展會很明顯受到干擾，而女性則不然。

這也是為什麼自閉症[42]、語言障礙與行動遲緩，較常發生在小男生身上，以及男性較容易罹患各種疾病（除了女性生殖系統疾病以外）。單胺氧化酶A[43]（MAO A）可降低三種大腦分子濃度，影響人體衝動的行為，而負責釋放這種物質的基因正好位於X染色體上。因此這種對偶基因分布在男性大腦所有的神經元上，女性只有一半的神經元有這種基因。這也可以解釋男性較女性容易衝動的主要原因。

左撇子男人居多

性荷爾蒙（男性為睪固酮[44]，女性為雌激素[45]）的濃度變化、受體與人類許多心理層面有密切關係。雖然年紀較大的女性會釋放少量的男性荷爾蒙，但一般來說男性只有在母親子宮內（第2至6個月）、剛出生、以及青春期才會大量產生睪固酮。雌二醇（estradiol）為最重要的一種雌激素，女性通常在剛出生前幾個月，與青春時會大量釋放。睪固酮是兩性雌激素的分子來源，但它只對男性生殖器官的發展有幫助。

男性胎兒的睪固酮若急速上升，會造成左腦發展較為遲緩，這也是為什麼男性的右腦較為發達，左撇子人數較多的原因。據統計，男女左撇子的比例約為1.2：1。右腦發達會讓男性或男孩在某部分特別傑出，如空間推理、詞曲創作以及繪畫。當學生在欣賞一幅從未看過的美麗畫作或攝影時，大腦活動是有節奏的。無論男女，只要看到美麗的景象，大腦頂葉[46]區內的活動就會開始活躍；相對的，若看到醜陋的場景，大腦活動會趨於平靜。

對女性而言，賞心悅目的景象會同時刺激左、右腦頂葉區；對男性來說，這種景象僅對左腦產生作用。這種有趣現象意味著，男性大腦主要被眼前物體的空間關係所影響；女性除了空間關係外，還會被景象所蘊含的意義所吸引。男性大多能在幾何學、詞曲創作、繪畫上表現出眾，原因在於男性右腦某部分的頂葉含大面積的皮質層。

當男性胎兒中的睪固酮刺激下視丘[47]（稱為間隙細胞）上的神經元群時，即引起性慾。男性第一次的性經驗通常比女性早，性伴侶也較多，而且只要裸女照片就能引起性慾。當男性體內的睪固酮濃度較平常高時，他們認為擁有細膩、柔美臉部線條的女性較具吸引力；而只要與美麗的陌生女子對話五分鐘，他們的男性荷爾蒙也會略微上升。這正是百老匯音樂劇《南太平洋》（South Pacific）中〈沒有什麼像女人〉這首歌的最佳寫照。

男性荷爾蒙會抑制傳送焦慮與恐懼的迴圈；令人意外的是，它竟然也會禁止微笑時肌肉的收縮運動。可以想見的是不管任何年齡層的男性，微笑的次數遠低於女性。男性通常較無法開懷大笑，原因在於一般人認為比起面帶微笑的男性，嚴肅的表情較有陽剛氣息。此外，每1萬4千名新生兒中會有一名罹患腎上腺增生症[48]，這些新生兒在母親子宮時，腎上腺就已經分泌過多的男性荷爾蒙。罹患這種疾病的女性小時候會像小男生，長大後的性格傾向實際、理性、具侵略性並且不怕任何挑戰。

有少部分男生在基因上雖然擁有X、Y染色體，但生殖器外觀卻像女性，因此長年被誤認為女性。大部分患者在青春期釋放大量男性荷爾蒙後，才漸漸產生男性認同感。儘管生殖器官沒有任何改變，但擁有男性認同感後，各方面生理機能才會逐漸趨向男性。

雌激素影響大腦的運作方式與睪固酮截然不同。雌激素能增加大腦兩個部位的容量，增加記憶力。美國女性記憶測驗的分數都高於男性。雌激素也讓女性對疼痛十分敏感，部分原因是女性荷爾蒙削弱大腦類嗎啡物質的作用，導致人體無法降低疼痛度。這種狀態造成女性容易罹患憂鬱症，產生逃避行為。此外，雌激素能保護女性在青少年時期罹患精神分裂症。男性發作的高峰在15至20歲，女性則在20到25歲。

人體的兩種雌激素受體為受體α與受體β，作用完全不同。受體α活化時常令人體產生不確定感，但受體β則會讓這種感覺消失。雌激素會讓女性在生理期期間與排卵前精心打扮自己。雌激素會增加皮質醇濃度，讓免疫系統變弱，提高女性罹患自體免疫疾病[49]，如糖尿病、關節炎或多發性硬化症。

不管男性或女性，在青春期時都會大量分泌性荷爾蒙，除了激起性慾外，更加深幼年時期原本就存在的男女差異。女性在月經週期中段、且未排卵前所分泌的雌激素較月經週期的其他日子還要多。換句話說，在此期間的女性性慾高漲，甚至看到裸男照片也會不自覺露出微笑。男性皮膚釋放的費洛蒙與女性性慾有極密切的關係。當男女互相靠近時，女性無形中會受到費洛蒙影響產生性慾。

藏在你手指長度裡的秘密

食指與無名指的長度有一定的遺傳比例（食指長度除以無名指長度，得到的比例稱為2D：4D[50]比例），由此也可粗略看出，男性胎兒在子宮內暴露於多少的睪固酮。男孩／男性的比例通常小於女孩／女性（男性為0.91至0.96；女性為0.97至1.0）。胎兒時期分泌越多的男性荷爾蒙，無名指最後一截會稍微變長，導致無名指較食指長，2D：4D的比例也會較小。

當小女嬰躺在一對雙胞胎男嬰旁，她所接收的男性荷爾蒙數量，就等同於母親子宮所分泌的量，因此小女嬰的手指長度會偏向男性比例。我們觀察老鼠、猴子也有類似結果。有趣的是，公、母猩猩的手指長度比例不會相差太多，尤其是較不具侵略性的侏儒黑猩猩（bonobo，又稱巴布諾猿）比大眾所熟知的黑猩猩（Pan）差距還要小。

雖然手指長度與心理特質的關聯性不大，但兩者還是有正向關係。手指長度比例偏向男性的女生即使有女性認同感，體格還是比一般女性健壯。若我們請手指比例偏向女性的女學生畫圖，大部分的人可能會畫粉紅色花朵；相反的，手指比例偏向男性的女學生畫的則是穿著深色衣服的人或某種深色物體。

從另一方面來看，擁有男性手指長度比例的年輕男性的握力很強、跑步速度較快、具有較佳的持久力、擁有較多性伴侶、臉的上半部較寬、下巴較突起。男性荷爾蒙會影響上半部臉頰的寬度，以及下巴的突出程度，主要原因在於這些骨骼含有男性荷爾蒙的受體。據統計，擁有這種臉型的男性，若參加競選通常都能打敗圓臉、下巴較窄的對手。例如美國前總統小布希與柯林頓的臉型就是屬於前者，而落選的麥侃（John McCain）以及黯然退選的艾德華茲（John Edwards）則是屬於第二種臉型。

當研究人員要求瑞士學生從兩張照片中（參加法國大選的候選人）選出希望帶領他們由特洛伊（Troy）航向伊薩卡（Ithaca）的船長時，他們的選擇與大選結果約有百分七十的雷同。通常在大型交易所工作的男性，他們的生活壓力極大，因為他們必須在短時間內經手龐大的交易金額。

那些為客戶賺進大把鈔票的人，一定要有控制焦慮感的能力。一旦產生焦慮感，會讓自己在決策時猶豫不絕或過於衝動。能在這種工作表現傑出的人，其手指長度絕對傾向男性比例，至於收入較少的男性其手指長度比例就較偏向女性。

手指比例傾向女性的男生喜歡的活動也較靜態。有少數男性身體的感覺與性別產生不一致的狀況，稱為「性別認同障礙」。非常少數的人會接受變性手術，這些人的手指長度較偏向女性比例，但身體內還是有對偶基因負責控制接受男性荷爾蒙的受體。男性發生性別認同障礙的比例高於女性，但確切原因目前還不得而知。除了扮演重要角色的性荷爾蒙外，兩性心理狀態的差異還是有可能受其他化學物質影響。

人類的忠誠度和田鼠相似？

催產素與腦下垂體後葉荷爾蒙由下視丘分泌，這兩種物質正是造成兩性感覺、情緒、行為不同的主因。人類或動物進行性行為時，這兩種物質濃度會上升，促進兩性之間的情感交流。

在齧齒目動物身上如田鼠是最明顯的例子。當草原田鼠首次發生交配行為後，便對另一半忠心不二；另一種山地田鼠則完全相反，即使發生過多次性行為，還是無法發展穩定的伴侶關係。產生這種差異的原因在於，母的草原田鼠擁有催產素受體，導致大腦「阿肯伯氏核」[51]的受體分布較為密集；公草原田鼠則擁有負責腦下垂體後葉荷爾蒙受體的對偶基因，讓大腦產生較多「蒼白球」（pallidum）受體。

不同種類的田鼠所遺傳的對偶基因不同，因此即使在兩性同樣體驗性愛感覺的情況下，不論男性對女性，還是女性對男性產生感情，其身體的生理運作機能還是完全不同。人類似乎與山地田鼠較相似，因為許多社會仍提倡一夫多妻或一妻多夫制。然而，有些美國丈夫可能擁有一個以上類似草原田鼠的對偶基因，相對的，若妻子擁有腦下垂體後葉荷爾蒙受體的基因時，她們可能會認為丈夫特別的忠誠。

雌激素會促進催產素的活性，因此在女性身體內較為活躍。此外，催產素也會促使身體活動的情況傳送至骨髓，因此個體能意識到心跳、血壓或肌肉緊張程度的改變。母親在餵母乳時，催產素的分泌會增加，但哺育小孩時所使用的催產素受體，與從事性行為時的受體位置完全不同。除了上述功能外，催產素會讓人更容易與他人建立親密關係。由此可知，女性通常會比男性更能維持親密的友誼。

相對的，男性荷爾蒙可提高腦下垂體後葉荷爾蒙的活性，這種物質在男性體內比較活躍，不僅會減輕恐懼感，降低疼痛感受力，並增進某些動物的侵略性。換句話說，高濃度的腦下垂體後葉荷爾蒙會提高男性的侵略性。令人意外的是，腦下垂體後葉荷爾蒙在兩性身上的反應不同。當男性在解決問題或憤怒時會釋放這種物質，此時男性前額的肌肉會皺起；若同樣劑量在女性身上，則是會增加微笑肌肉運用的機率。

神奇多巴胺：意外之財、眨眼次數、嗜賭成性、一夜情它都要插上一腳

多巴胺是第五種會造成兩性行為、動機與情緒差異的分子。多巴胺對人體有許多特殊的功能，至少有六種受體傳送不同的心理狀態。其中一種是興奮感，通常被解釋為愉悅感，是一種無法預期或不會發生的慾望。

舉例來說，老鼠看見突然出現的食物，多巴胺分泌會增加，但對突如其來的電擊卻不會，因為位於多巴胺合成處附近的神經元，會抑制這種物質的分泌。當人類突然收到一筆錢，製造多巴胺的神經元會被活化，但當他們錢弄丟時則不會有這種化學反應。

就像腦下垂體後葉荷爾蒙，對同劑量的化學物質（如安非他命）所引起的多巴胺濃度完全不同。若刺激人類的紋狀體（stritum，引起愉悅感的區域），男性分泌的多巴胺會比女性多，興奮程度也較高。對於喜愛新奇事物的男性而言，多巴胺分泌比一般男性還高。此外，當他們預期會吃到甜食（但實際上只是安慰劑）時，多巴胺分泌也會明顯上升。

有幾項原因能解釋男性與女性在期待，或體驗不常發生的慾望時，興奮感與多巴胺分泌程度會不相同。

首先，女性大腦較能有效運用多巴胺受體，因此在女性大腦，隨時都有少數自由的多巴胺受體準備被活化、啟用。

第二點，雌激素會抑制分子經由突觸吸收多巴胺，因此多巴胺維持活性的時間，在女性大腦裡稍微長於男性。長期分泌大量的多巴胺，與人體無意識的眨眼有關，一般來說，女性眨眼次數多於男性。

第三點，嗎啡除了是一種天然止痛劑，也可促進多巴胺的分泌，進而產生一種無預期的報償。男性荷爾蒙又更會促進嗎啡活性。

上述種種現象導致一種有趣的推論。

如果男性大腦有更多「自由」的多巴胺受體，隨時準備待命，當多巴胺急速上升時，例如突然想到解決難題的方式，或突如其來的優惠活動，期待不常發生卻十分愉悅的生活體驗，將可活化更多多巴胺神經元，可以想見的，男性獲得的愉悅程度將大於女性。

吃巧克力也會產生類似的感覺。當然，幾個月沒接觸巧克力再吃到的愉悅程度一定大於每天吃的人。或許男性比女性還喜歡嘗試新奇、冒險的事情，例如高賭金的賭博、跳傘、攀爬冰河覆蓋的高山、賽車或與剛認識的異性發生一夜情等，主要原因在於充滿不確定性的愉悅感。在事情未發生前的期待、或正在發生時的愉悅感，會讓男性興奮程度加倍。

一項針對病態賭徒的研究證實，當男性沉迷於賭博活動時，大腦分泌的多巴胺高於常人。歐洲科學家分別追蹤有賭癮以及沒有賭癮的男性賭客，測量他們在賭場內參與高賭金的二十一點遊戲時多巴胺的變化情形（藉由抽血得知）。90分鐘過後，有賭癮的男性多巴胺分泌量遠高於一般賭客。此外，當研究人員讓賭徒吃下抑制多巴胺的藥物後，這些人認為賭博不再有趣。

罹患帕金森氏症[52]的原因，就是喪失過多製造多巴胺的神經元。這些患者表示，以前感興趣的活動不再感到有樂趣。帕金森氏症的年輕患者指出，在症狀發生的前幾年，他們時常會覺得沮喪以及緊張。人體必須盡力對新事物渴望的愉悅感，以及無法控制未來的不確定、沮喪達到平衡狀態。這個平衡點（可視為一種氣質偏差）或許就是區分男性與女性最明顯的界線。當然，一定有某些男性喜歡確定感甚於冒險，也有某些女性偏好體驗前所未有的經驗，而非一味的避免危險或失敗。

上述討論對於長久以來存在於美國大學的爭辯意義重大。許多教職員認為男性主修物理與數學的人數遠高於女性，但其他領域則無此現象。過去幾年，美國約有百分之五十的女性拿到生物或醫學博士，但獲得物理或數學博士學位的女性只佔百分之二十五。某些心理學家認為，這種文化上的刻板印象，暗指男性天生數學與物理能力優於女性。

堅持這種教條式信仰的教職員，不僅排除女性成為這兩種領域的教授，同時也不鼓勵大學女生選擇這兩種科系。在這種情況下，很可能就會出現催眠式的自我應驗預言。當女學生相信或不斷有人告訴她們，女生不具物理或數學天分，她們自然不會放心力在此，拿到的成績也較差。相對的，相信這種說法的男學生所獲得的分數上比不相信的男學生還要高。種種跡象顯示，人類的信仰的確會影響表現。

暫且不論科學家何時才能解開兩性在物理、數學認知能力差異的謎題，但在掌握物體的形式與空間概念上，兩性的能力確實不同。男性這方面的測驗成績落在前百分之一的人數是女性的兩倍。這些男性的手指長度比值較小，也就是說他們右腦發展較佳。

然而，大眾只將焦點放在天生的智能差異，卻忽略女性為何不從事這種職務的動機。女性沒有興趣成為數學或物理教授的原因可能如下。

第一點，與生物或社會科學比較，若在數學、物理領域上有重大發現，充其量只是接受眾人的喝采或獲得某些獎項，這些發現無法立即改善社會、減輕人類痛苦。女性必須藉由幫助他人獲得滿足感，很明顯的，物理與數學似乎無法展現這種功能。有許多女學生在研究領域表現出色，但畢業前一年卻決定成為臨床心理師。詢問原因，她們表示，發揮所長協助他人所獲得的滿足感遠大於科學研究。記住，不管是在哪種文化，女性都擅於發揮輔助他人的功能。

第二點推測的成分居多，有以下兩項要素。首先，科學界的地位層級，與學科難易度以及是否有原創性有關。一般來說，數學與物理學被視為最困難的學科，涵蓋範圍不如生物學與社會學廣泛，這兩個學科也通常是大學裡最先設立的科系。

還記得我們曾經提過，男性較關心與同儕權力、地位有關的事情嗎？年輕人通常對科學有著濃厚的興趣，其中男性更會選擇能展現優異智能的學科，讓自己能支配那些選擇較簡單學科的同儕。簡單來說，這些人選擇困難的學科，純粹是因為讓自己感覺高人一等。分子生物學家法藍索瓦．雅各布坦承，他真的「害怕無法展現天分，也恐懼變成沒用的人」。

然而，與生物學相比，數學或物理學領域的發現很難為社會帶來特殊貢獻，或很難針對某種現象提出全然的解釋。當科學家達到上述兩種成就之一時，一定會受到同事，甚至是社會大眾的喝采。舉例來說，由於宇宙均溫現象的發現，讓我們更加確定宇宙起源的「大爆炸理論」以及「電晶體」。兩項發現皆由一整個團隊的科學家提出，而他們最後也都受到後世科學家以及大眾媒體的讚揚。

如果男性亟欲證明自己的才華，不同於為了名利、協助社會或增加知識的動機，在努力埋首研究幾年後，預期自己的發現會產生特殊含義，讓往後更多男性將物理或數學當成畢生職志，此時他們大腦多巴胺活性會急速上升。這種現象或許可以解釋男女在選擇職業上的差異，而與兩性的聰明才智無任何關聯。

發現「鐳」的居里夫人、以及揭開宇宙神秘面紗的瑪格麗特傑勒（Margaret Geller），在物理學上都擁有傑出的研究表現。對科學有興趣的女性並不多見，因為大部分年輕女性在這些領域工作時，無法體會男性所能體會的「興奮」。

過去45年，我常和朋友的兒子、女兒，同時也是哈佛的研究生吃飯。其中有四名女性在大學二年級選擇數學或物理學為主修科系。雖然她們在這兩門課都拿到優等，也瞭解其中的原理，但在三、四年級時全都轉系，因為她們無法從中獲得足夠的滿足與樂趣。

其中一個女學生告訴我，這些課程過於艱深且與大眾的生活距離過遠；另一個坦承，她無法擁有像數學班男同學那樣的熱情。我認為許多女性的確有能力在數學或物理領域上達到傑出的成就，只是當這些18歲的小女孩在思考接下來的人生方向時，這些學科是否能為她們帶來滿足感佔了十分重要的原因。

美國直到最近5年，女性向「國家衛生研究院」申請研究獎助金才可能像男性一樣通過補助，以分子生物學為例，提出申請的男教授人數還是女性的五倍。這種情況表示，這些天資聰穎的女性不願為了費時的研究專案申請補助經費。其中一項重要原因在於這些女性的小孩還很小，她們希望多花點時間陪家人。不幸的是，許多科學家假設造成兩性差異的原因大部分在於天生的資質，而非背後的動機，只因為檢視認知能力的方式比檢視動機還要簡單得多。這種偏見不禁讓人聯想到一個例子：男性寧願猜想自己的車鑰匙掉在昏黃的街燈下，而非暗夜中，因此他們通常只在有燈的地方尋找鑰匙。

接下來，時代還會創造怎樣的男女新性格？

證據顯示，男性與女性不管來自於哪個文化或時代，在下列三項問題中均會顯示兩性差異：「我要如何與他人建立關係？」「與異性相處時，我應該如何表現？」「我應該擔心什麼事情？」雖然某些人的答案可能出人意表，但我推測多數女性偏向與同性同儕建立平等、親密的關係；至於男性則大多強烈傾向在同儕間位居統治、主導地位。

大部分女性認為在親密的性行為中，讓另一半感受無與倫比的愉悅，是留住伴侶的最佳方式。至於男性則是自私的，他們只將性行為視為是讓自己舒服的一種泉源。大部分女性害怕喪失親密關係，大多數男性則恐懼別人挑戰他的地位，失去發號命令的權力。這些不同可視為氣質差異，因為許多性別差異導源於生物機制的不同。

然而，文化和歷史對男、女氣質模式與最終性格多少還是有影響。換言之，兩性生物差異，再加上社會結構與歷史年代的交互影響後，塑造成男孩與女孩、男性與女性現今的樣貌以及內心的渴望。

18世紀的歐洲婦女，不大可能要求醫生在陰唇或陰蒂植入小珠子以提高性慾。然而在最近50年，這種罕見的方式也有逐漸增加的趨勢。相較於同時期其他社會婦女，19世紀的美國女性享受一種相對獨特的地位。她們擁有高貴的地位，受到丈夫尊敬，最重要的是她們領導或參與反對奴隸、喝酒、嫖妓的改革運動。她們創立許多非教會的女子學院，包括瓦薩爾大學、史密斯學院以及布林莫爾學院。

幾世紀之前，唯有依附權貴，女性才得以獲得權力與地位；如今在已開發國家中，女性同樣能獲得權力與地位，只不過她們憑藉的是自己的成就。

我們可以從4百年前後兩份強烈對比的文件中得知，社會文化對女性的概念有多大差異。15世紀末，一篇廣泛在德國發行的文章《女巫之槌》（The Malleus Maleficarum）完全展現天主教會對女性的觀點。文中證實女巫的存在，且提供識破女巫的方式。作者認為巫師大多為女性，因為女性過於軟弱，無法抑制世俗的貪念，容易屈服於惡魔的引誘。因此，女性「是友誼的宿敵……。令人無法拒絕的災難……。當她獨自思考時，思考方式就像惡魔。」

將上述這段文字描述，拿來和20世紀德國小說家赫曼赫塞《知識與愛情》（Narcissus and Goldmund）一書比較，卻有不同的結果。書中戈孟得對躺在他手臂上、瀕臨死亡的那齊士說，「那齊士，既然你沒有母親，當你的時間來臨時，你將如何死亡？沒有母親，一個人將不知什麼是愛。沒有母親，一個人也不知何謂死亡。」

這個世紀的人類發明更貼近人性的科技，卻為大自然帶來前所未有的災難，然而這種情況為女性創造展現領導力的舞台。女性比男性更重視環境生命力與品質，並且能輕易拒絕野心與自負所帶來的包袱。男性總是認為自己能很容易的跳脫，但事實卻非如此。

青少年時期曾經犯罪的男性若與守法的女性交往，往後較不容易再從事犯罪行為。1950年音樂劇《紅男綠女》的台詞包含這個永恆真理：「如果你看見一個粗俗、不修邊幅的人找到穩定的工作，臉上突然多了古龍水的味道，你說他愚笨也好，聰明也好，你一定能佔優勢，因為他這麼做絕對只是為了某個女人。」

導演安東尼奧尼（Michelangelo Antonioni）電影《情事》最後一個鏡頭敘述克勞蒂雅原諒了漫不經心、不忠誠的另一半。看過的觀眾一定傾向女主角的愛最後會讓浪子回頭的結局。有些人甚至會擴大這種完美的結局，認為全世界的女性擁有至高無上的能力，能挽救純粹只想證明自身權力的男性所造成的災難。

42：自閉症（autism）。許多不同原因造成，但有共同症狀的精神疾病。主要症狀為不適當的社交行為、語言發展嚴重遲緩、不合宜的情感表現、重覆性動作，如沒有任何原因的撞頭或摳抓皮膚。

43：單胺氧化酶（monoamine oxidase，簡稱ＭＡＯ）。可降低單胺類分子，包括多巴胺、血清素與正腎上腺素濃度的酵素。

44：睪丸酮（testosterone）。睪丸所分泌的一種固醇激素，卵巢與腎上腺也會分泌極少量的睪丸酮。睪丸酮是男性荷爾蒙的基本要素，影響男性在青春期性器官的發展與改變。

45：雌激素（estrogen）。女性荷爾蒙，包括雌二醇、雌素酮、雌三醇。

46：頂葉（parietal lobe）。位於大腦後側的皮質層，為知覺訊息整合的地方，並使動物與人類擁有偵測空間中物體位置的能力。

47：下視丘（hypothalamus）。經由腦下垂體，連結大腦與內分泌系統的神經元群。

48：腎上腺增生症（congenital adrenal hyperplasia，簡稱ＣＡＨ）。基因發生突變，影響負責製造壓力荷爾蒙可體松與性荷爾蒙的腎上腺，相關症狀包括模糊的生殖器、性早熟、男性特徵或不規律的月經週期。

49：自體免疫疾病（autoimmune disease）。一種異常的免疫反應。免疫系統攻擊自己的細胞，造成多發性硬化症、愛迪生症、類風濕性關節炎等疾病。

50：2D：4D。食指與無名指的長度比例，取決於胎兒在母體孕期接收多少睪丸酮。大部分男性的手指比例小於女性。

51：阿肯伯氏核（nucleus accumbens）。在報酬系統與愉悅感覺上扮演重要角色的神經元。

52：帕金森氏症（Parkinson's disease）。多巴胺分泌不足所引起，主要症狀為肌肉僵硬、手部顫抖、動作緩慢。

5 TEMPERAMENT AND ETHNICITY

種族大不同

哪種人就有哪種性格和長相

人類若能在某個特定地區生活幾千年，他們絕對擁有某種獨特的氣質。這種說法似乎比兩性天生就有氣質差異的主張還經得起考驗。有些心胸狹窄的人會為氣質貼標籤，認為某些族群的氣質優於其他族群。遺傳學家證實，能離群索居幾百個世代的族群的確擁有特殊的對偶基因。其中有些對偶基因會影響與氣質相關的神經化學物質與組織。

史丹佛大學在這方面表現優異的科學家路斯福札（Luca Cavalli-Sforza）發現，人類族群相隔越遠，基因組的差異越大。這種主張在動物界尤其明顯，鳥類就是一個很好的例子。新英格蘭的鳥類在外觀、叫聲、行為以及基因與其他地區的鳥類不同，且距離新英格蘭越遠，差異越大。舉例來說，北卡羅來納州與新英格蘭地區的鳥類相去不遠，與南美洲的差異又多了一些，與非洲鳥類差異則又大於前兩者。

距離一般大眾越遠的族群，基因改變的程度越可能隨著世代交替產生越大的差異。換句話說，世代交替越久，基因差異越大。語言方面也有類似變化。當某個族群遷徙至另一個地方後，使用的語言會漸漸改變。

舉例來說，以往在義大利文代表帝王的字為「rex」，但某些人移往西方，發明賽爾特語後，反而「rix」才是國王的意思。只不過一千年的時間，詮釋「天父，在天之

｜圖5 概略說明人類從非洲遷徙到其他地區的時間圖。｜

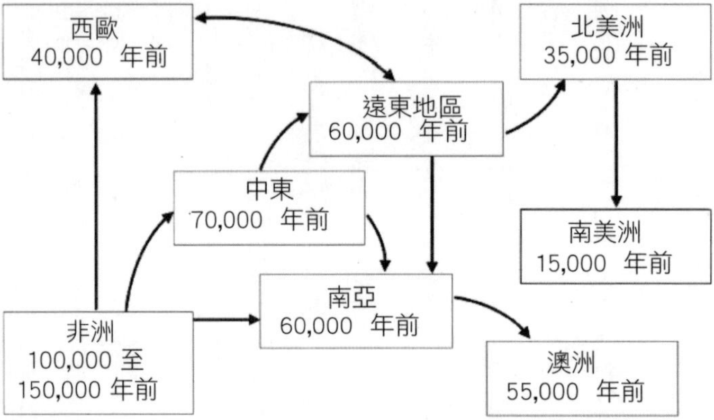

父，讚美你的聖名」的英文寫法由「Faeder ere thu the eart on heofonum, si thin mana gehalgod.」變成「Our Father, who are in heaven, blessed be Your name.」。

遊戲也有類似原理。想像15個人排成一列。第一個人在第二個人耳朵小聲講一個句子，再由第二個人把聽到的訊息小聲的告訴第三個人，以此類推。當最後一個人大聲說出他所聽到的句子時，其意義通常與第一個人所講的相差甚遠。

有人認為現代人類的起源在距今15萬至20萬年前的撒哈拉沙漠以南，接著才慢慢遷徙至現在的中東地區。若干年後，這個地區的人口再分別於印度、西歐、中國、北美以及南美洲定居（參考圖5）。因此，人類在1萬5千年前佔據了地球大部分的面積。

我們也可假設過去這1萬5千年或約6百個世代之間，超過百分之九十居住在非洲、歐洲、中東、亞洲、北美洲、南美洲、澳洲以及太平洋小島的人都只能與當地人通婚，直到船隻與飛機的盛行才改變這種現象。

亞洲野狼只要經過幾個世代，便能進化為溫馴的小狗。此外，野生、會咬人的老鼠，經過65個世代後，會演變為溫馴的寵物鼠。因此，6百個世代足以讓某個族群發展出與其他族群完全不同的基因。

距離遙遠的族群在基因上會有諸多差異。舉例來說，亞洲人與高加索人就有許多不同的對偶基因，因此對於某幾種自體免疫疾病，如類風濕性關節炎的抵抗程度就不同，即使表面症狀完全相同。少數居住在西班牙與北非的猶太人，稱為西班牙系猶太人（Sephardic Jews）。他們從猶太種族中脫離出來，並在6世紀到9世紀之間遷徙到現在的波羅的海三小國以及波蘭、蘇俄。

15世紀時，為了躲避西班牙宗教裁判所的迫害，分散在各國的西班牙系猶太人全都結合在一起，成為德系猶太人（Ashkenazis Jews）。經過4百多年，約莫20個世代的通婚，這個族群產生容易罹患某些疾病，以及某一型乳癌的對偶基因。德系猶太人也不容易成為酒鬼，因為他們體內的對偶基因會減緩代謝酒精酵素的有效性，因此只要極少數的酒精就會讓他們全身不舒服。生物學家預估，美國猶太人約有百分之九十的祖先應該都來自5百年前東歐地區3、4百個家族的其中之一。

基因變化的影響力

在第1章曾經提過，基因有三個種類。構造基因是蛋白質的基礎，而蛋白質又是構成人類身體組織與器官的要素，但只佔了所有DNA的小部分。大部分的DNA序列不是控制構造基因的表現（稱為啟動者或促進者），就是位於構造基因內的DNA小島（稱為內含子）。當構造基因的複製版本從細胞核被傳送至細胞質（蛋白質合成的地方），內含子就會被移除。

偏遠族群的許多基因差異，都是因為基因的改變被啟動，進而影響構造基因的表現。遺傳學家普遍喜歡描述基因對生物機制或行為所造成的影響，也就是說基因控制的特質會產生差異。藉由大學生智商與學業平均成績的關係，或許可以協助我們瞭解這項概念。1萬名大學生的智商分數，只能解釋百分之二十五學業平均成績的變化。

某個族群體內的基因組變異程度絕對大於兩個不同族群。換言之，1千名巴西居民的基因變異程度，比1千名巴西人與1千名瑞典人之間的變異還要大。此外，科學家發現基因與心理狀態存在某種關係：基因影響行為變化的程度比例少於百分之十。舉例來說，雖然吸煙造成肺癌的比例不到百分之二，但不表示吸煙就不是危險因子。因此，百分之十的影響力，已經足夠造成兩個族群明顯的心理差異。

住在高緯度的人對紫色敏感，對綠色沒轍？

世界人口的基因差異與兩種地理梯度有顯著的關係。一種是被高山與大面積海水阻擋，因而增加移民困難度，比如愛爾蘭人與日本人，他們就擁有極大的基因差異。

第二種為南北向地理梯度，舉例來說，住在撒哈拉沙漠以南的人與北歐人之間也會產生極大差異，因為中間隔著地中海與阿爾卑斯山。即使同屬於高加索人種，同樣位於歐洲，芬蘭人與義大利人也有基因差異。非洲與歐洲人有許多基因不同，包括影響控制大腦催產素與血清素濃度的基因，例如，非洲女性催產素濃度就較歐洲女性低。

約有百分之八十的非洲人，他們負責傳送血清素的對偶基因較長，比例是最高的；而日本人約只有百分之二十的比例擁有較長的對偶基因，大腦血清素濃度較低。這也是為什麼日本人吸食安非他命後，比非洲人或白種人更容易罹患精神病。

緯度可說是南北向的地理梯度，影響各地的日照時間與季節溫度。這兩種條件會影響人體基因，造成人體皮膚色素、體型、交感神經系統活躍度的差異。因此，居住於高緯度的人容易適應日照短與低溫氣候，他們白皙的皮膚易於吸收陽光，製造維生素D，協助骨骼生長。

長期居住高緯度地區（約與波士頓位於相同緯線上）的成年人，對偶基因上會有一個以上的基因影響、控制人體從起床到睡眠二十四小時的生理時鐘，同時，這些基因也會平衡交感神經系統與副交感神經系統[53]對心跳、動脈與毛細血管的影響。世代都居住在寒冷地區的人，擁有較活躍的交感神經系統。這種系統能藉由有效的毛細血管收縮，保持人體溫度，對抗寒冷。若要求北歐人與南歐人同時躺在冰冷的水中，北歐人毛細血管收縮的速度絕對快於南歐人；至於非洲人，則需要最長的時間才能讓毛細血管進行收縮運動。

美國黑人嬰兒心跳變化程度，比亞洲或高加索白種嬰兒還大，這意味著他們的心血管系統受副交感神經系統的影響較大。第2章提過，大部分非抑制型反應的男孩，他們的心臟主要受到副交感神經系統影響，至於抑制型反應的男孩，則是擁有較強勢的交感神經系統。

來自於高緯度地區的人，容易罹患多發性硬化症與憂鬱症；此外，他們能很輕易察覺紫色色彩濃度的變化（短波），而不容易觀察綠色的色彩濃度（長波）。緯度對動物界也有相同影響。現在飼養的家貓，是由幾千年前亞洲貓科逐漸演化而來。北歐挪威森林的貓曾歷經基因變異，牠們的體溫比來自於溫暖的泰國暹邏貓還要高。生長在高緯度地區的鳥類新陳代謝速度，也比氣候溫暖區域的鳥類還要快。

人類學家推測，最適合居住在非洲的生理機能有：能對抗瘧疾與皮膚感染的免疫力、讓皮膚冷卻的調節力、以及消化水果與稠密碳水化合物的能力。至於歐洲與亞洲人習慣居住在固定區域，喜歡種植花草、畜養動物，他們的身體構造與生理機能必須要能適應寒冷的冬天，讓身體保持溫暖；在食物方面則必須習慣麥片、羊奶或牛奶的攝取。某些能夠調整適應力的基因，或許也隱含了氣質的差異。當然有些基因的變異是隨機且無法控制過程，對於產生較佳的適應力也沒有幫助，我們稱為遺傳漂變。

東方人合群、西方人自利，是迷思還是事實？

比較亞洲人（尤其是日本、中國人）與北美、歐洲人的心理狀態與生理機制，兩者的差異比其他任何種族還要大。亞洲人與白種人幾乎每四個位於啟動者（控制構造基因的表現）上的基因就有一個不同。最重要的問題是，這些基因差異是否真的會影響行為、信仰或情緒？答案似乎是肯定的。舉例來說，亞洲人的酗酒程度遠低於白種人，原因在於，亞洲人的對偶基因會干擾肝臟代謝酒精，因此亞洲人若飲酒過量會造成身體不適。

密西根大學教授尼斯伯特（Richard Nisbett）與同事發現，亞洲人通常對個人行為舉止，以及事件的來龍去脈十分敏感。與歐洲藝術家相比，亞洲藝術家的畫作與圖片，會在主體後面加入許多物體、植物或動物。相對的，歐洲與美國藝術家會在圖片最醒目的位置，放上重要的人、動物或物體，接著才在其他位置加入少數的物體。在沒有藝術背景的前提下，亞裔與歐裔美國大學生的畫作似乎有幾分神似。

當我們要美國與日本學生在一堆圖片中指出最喜歡的畫作時，大部分日本學生喜歡中間的物體很小，背景包含許多其他物體的圖片。另一方面來看，亞洲導演的電影喜歡將鏡頭拉遠，讓觀眾隱約看到某個角色站在街上、草地上或家中。

相反的，好萊塢導演很少運用這種場景，他們喜歡將鏡頭拉近，讓觀眾清楚看見劇中角色的臉部表情。西方人喜歡聚焦於某個單一物體，充分反應出人類在掃瞄圖片時所產生快速且無意識的眼球運動。美國人喜歡將焦點放在中間物體，忽略背景；中國觀眾雖然焦點也是在中間物體上，但偶爾會將注意力轉移到背景的人或物體上。

亞洲人、北美或歐洲人的自我與外界關係也不盡相同。從古希臘開始，西方社會就將個人的能力、信仰、價值觀與感覺視為首要特質。基督教盛行後，許多人開始虔誠的信仰上帝，嚴格遵守道德標準，導致西方社會更強調個人獨立自主的文化。這種文化大概只在摩爾（Thomas More）的「理想國」才會出現。18世紀德國哲學家康德寫到，當一個人對社會無所求，那麼他將可以享受被人尊敬的感覺，當時的歐洲社會十分讚賞能夠自給自足的人。

在此同時，**中國人也將社會角色以及對他人的責任義務，當成個人的核心特點**。對家庭、朋友、國家與上司忠誠的價值觀優於個人慾望。為了一己之利，犧牲大眾利益或違反多數人信念的狀況，在這些文化是不會發生。群體生活是人性中最首要，也是必要的一種特質。

舉例來說，中國古代常會將罪犯與其他人隔離，關在暗無天日的地底以示懲罰；相對的，歐洲人則是選擇吊死、以石頭砸死或槍決的方式。日文中的「甘え」即是表示一種相互依賴的感情，也就是個人需要他人協助，而對方也願意協助此人，例如老師與學生、長官與部屬，但英文則無此相對應的文字。

中文以「同志」表示同屬於一個團體，大家相互產生革命情感且不受其他價值觀支配；同樣的，英文也沒有這個詞，只有認同其他價值觀的詞語，如崇尚自由的「自由主義者」或傳道的「福音教派徒」。

中國人與日本人通常會教導小孩，要對他人的想法與彼此的互動十分敏感，他們要

隨時注意行為舉止是否讓他人感到沮喪、憤怒或尷尬。日文的「本音」[54]與「建前」[55]就代表著截然不同的意義。「本音」指的是一個人內心的真正想法，只能與至親好友分享；「建前」代表的是在眾人面前的客套話。

我有個日本好友曾經告訴我「建前」的經典範例：「想像在飛機上，你旁邊坐的是陌生人。你用鋼筆在一疊紙上振筆疾書。陌生人問你：『你用什麼寫字？』如果你想表現『建前』的精髓，你絕對不能讓對方覺得自己無知，所以你可以回答：『只是一隻普通的筆。』」

「本音」與「建前」的差異可從日本藝術家的心理層面看出。許多年前，我曾造訪東京美術館，令我訝異的是，竟然有許多畫作將這兩種概念展露無遺。舉例來說，某一幅油畫上有對正在飛翔的鵝，但我們只看見其中一隻鵝的腳，另外一隻則隱藏起來。另外一幅畫上有兩個人，一個對著正前方，另一個則背對觀眾。歐洲畫家鮮少以這種對比來創作主題。

歐洲與美國人被教導要正視自己的內心世界，不需過於理會他人想法。如果一個人私底下的個性、看法與工作場合或晚宴不同，他可能會被視為偽君子。若一個人沒有表裡如一，亞洲人大多能理解，因為人在不同時空背景必須扮演不同角色。

一位女性在家裡的角色是母親，工作上是專業人士，在宴會上可能只是位賓客。簡單來說，歐洲與美國人認為人是明確、特質不易改變、能影響他人的個體。亞洲人則將人視為具有多重身份的角色，個人必須修正自己的言行舉止以適應團體的價值觀，因為團體中的每個人隨時都在評論他人表現是否恰當。換句話說，人常因時空背景不同而有不同的表現，有如一個單字會因句子的不同而產生不同的意義。

如果一個人言行舉止失當，他可能會覺得羞愧。這也是為什麼中國人與日本人覺得在大眾面前表現焦慮或沮喪，會為自己帶來莫大的污名；因此當亞裔美國人與歐裔美國人同樣處於極大壓力下時，亞裔美國人較不願意向友人求助。

做出讓家人蒙羞的事情，是令亞洲兒童或青少年感到最困擾的；至於讓歐洲或美洲兒童或青少年困擾的是，無法達成設定的目標，因為這與他們的價值觀背道而馳。雖然這些差異與社會化有關，但也有可能是基因所引起，造成這種有趣的變化。

臉扁平的人較溫馴？

一項不確定的假設指出，白種人擁有的氣質差異，讓他們身體的知覺很容易改變，不但會影響個人意識，也讓他們將注意力放在自我與自己的感覺上。對美國與歐洲白種人來說，父母很容易讓小孩忠於自我意識，避免自己違反道德標準而產生不愉快的內疚感。反觀亞洲父母，很容易教導小孩在意他人的感覺。雖然目前沒有任何實證支持這項說法，但很明顯的，兩種族群的確在生物機能上有差異。

黃種人與白種人的氣質差異在嬰幼兒時期就可觀察出來。兩名研究人員發現，居住在加州的華裔新生兒與高加索白種新生兒相比，華裔嬰兒較冷靜，在穿脫衣服時較不會掙扎，且在哭泣時容易被安撫。日本嬰兒也有相同反應。當他們在看醫生或打預防針時比較不會嚎啕大哭。

我和凱斯勒、澤勒佐曾針對居住美國的華裔嬰兒與高加索白人嬰兒進行觀察。無論有沒有去托兒所，中國嬰兒與高加索白人嬰兒的行為截然不同。中國嬰兒不常微笑、大笑或咿咿呀呀說話，即使會走路後，到其他有兒童在場的陌生環境也不會離母親太遠。此外，他們的心跳也相對穩定。

我的同事曾經針對4個月大、居住在波士頓與都柏林的高加索白人嬰兒，以及北京的中國嬰兒進行類似的陌生刺激研究。他們發現，不管是波士頓還是都柏林的嬰兒常會揮舞手臂，也經常哭泣。高加索白人嬰兒，似乎比中國嬰兒的情緒還要易變與興奮。不常哭泣或保持冷靜，讓中國嬰兒看起來與波士頓、或都柏林非抑制型反應的嬰兒相差無幾，但實際上影響兩者的基因卻大不相同。

隨著小孩的成長，對於陌生或突如其來的外界刺激，他們的反應差異其實還是存在。若將居住在上海的6、7歲中國小孩與來自美國西北太平洋地區的小孩相比，前者較安靜、不易衝動且容易控制。當小孩再大一點時，泰國父母擔心的是小孩缺乏活力，而高加索白人父母擔憂的則是小孩太具侵略性與過於好動。由此可知，當亞裔美國人罹患精神病，深受焦慮症或憂鬱症所苦時，他們所需的藥物治療劑量，遠比擁有相同症狀的高加索白種人還要低。這意味著亞洲人的邊緣系統較不容易被外界刺激。

之前曾經提過，亞洲人與高加索白人位於基因啟動區上的基因，約有百分之二十五的不同。在這些控制構造基因的對偶基因中，有一個是製造分子的基礎，稱為血清素轉運體[56]，它可以從神經元間的突觸吸收血清素。亞洲人較其他人種容易擁有短型基因，可減少上述對偶基因的表現程度。因此在血清素運轉體較少的情況下，血清素留在突觸的時間會較久。

科學家相信，延長血清素停留的時間，讓亞洲人比高加索白人或非洲人，更容易降低血清素在大腦長期的活動。如果存在於突觸的血清素過量，再加上神經元上的血清素受體數量降低，就會產生上述狀況。血清素活動力降低，也可能是一種從血清素神經元到縫核（raphe nucleus）抑制性反饋迴圈的結果。這種過程會減少血清素的分泌。不管是哪種生物機制，如果能長期降低血清素活動，將會產生以下幾種結果。

血清素會讓個體產生心情愉悅的動作，如微笑、大笑或唱歌。亞洲人通常擁有短型基因，因此在相同年齡、社會階層與生長地理區域下，中國小孩不像高加索白人小孩那麼愛笑。此外，血清素會啟動某種特殊的多巴胺受體，引起邊緣系統的運動。

4個月大的亞洲嬰兒的邊緣系統，對新事物或聲音所展現出來的非抑制型反應，某部分原因是來自於亞洲人的短型基因。這種基因會降低大腦的血清素，因而讓負責身體活動力的多巴胺受體活化程度降低。

擁有短型基因也可能影響社會化行為。短型基因容易讓猴子對地位較高的公猴產生警戒心；也會讓人類對憤怒的臉部表情產生較激烈反應。這代表擁有短型基因，會讓個體對其他成員所造成的潛在威脅特別敏感。換句話說，這種個體會較為順從（如果是猴子），以及遵守團體規範（如果是人類）。雖然上述各種不同的觀察就像閱讀一篇精彩的故事，但還是存在某種程度的正確性。

地理的分隔也讓人類產生不同的臉部樣貌。亞洲人的臉較為扁平，他們的額頭、下巴與鼻梁不像高加索白種人或非洲人那麼突出。當科學家從一大群野生銀狐中挑選少部分加以培育，不用20個世代，這些被豢養的銀狐後代變得十分溫馴。這些動物的大腦迴圈活動較少，因此會產生壓力荷爾蒙，在嬰幼兒時期對陌生環境感到害怕，少部分毛髮變成白色，沒有黑色素，以及臉上的口鼻部位變得較小，臉部看起來較為扁平。

許多動物被人類豢養後變得十分溫馴，如馬、羊、豬、牛等。相較於野生物種，這些動物有許多相似點，例如較沒有警戒心、不具侵略性、以及較短的口鼻部位。若從生物觀點來看，亞洲人的臉較高加索白種人或非洲人扁平，我們可以推測，亞洲人或許較為「溫馴」，應該是說，對他人較為和善。西元前4世紀的西波克拉底斯也在著作提出東方人較希臘人親切、和善的看法。這或許不是巧合。對家庭或所屬團體展現忠誠是亞洲人最重要的核心價值。

從上述觀察可知，讓哺乳動物產生溫馴氣質的基因，也可能影響皮膚的黑色素、交感神經系統和副交感神經系統的活動、以及臉部的骨骼構造。母親懷孕的前幾個星期，胚胎就會形成一小串細胞，稱為神經脊細胞[57]。不同群體的神經脊細胞，會陸續變成人類臉部的骨頭、頭髮、皮膚與眼珠的色素細胞，以及控制心跳的交感神經系統與副交感神經系統。

這些事顯示（但很顯然尚未經證實），控制神經脊細胞化學作用的基因，也可能造成亞洲人、高加索白種人與非洲人之間行為與結構上的差異。血清素是影響神經脊細胞產生變異與移動的分子之一。較多亞洲人擁有短型基因，影響血清素運轉體，因此亞洲人與高加索白人間少部分主要的差異，可能在於控制神經脊細胞神經化學作用的對偶基因。自然界的運作是不是很奇妙呢？

超脫情感的僧侶其實患了憂鬱症？

一連串的研究證據也引起另一層面的推測：早期亞洲與歐洲哲學觀的差異。最重要的差異也許在於第一群希臘哲學家、以及追隨德謨克利特（Democritus）的物理學家，他們認為：恆久不變、永遠不滅的原子是形成萬事萬物的基礎。佛教徒則認為沒有任何物體是永久不滅的。

宗教改革後的哲學家主張，人類是天生的焦慮者與憂鬱者。馬丁路德與約翰加爾文在描述人性時，特別強調人類對於與自己相關的境況，總是會感到擔憂與內疚。

聽聽馬丁路德怎麼描述：「悽慘的罪犯受到原罪永久的詛咒，並受到十誡教規中各種苦難與折磨，這些對他們還不夠嗎？難道上帝一定得藉由教義讓他們身陷痛苦的深淵嗎？一定得用教義中的正當與懲罰來威脅我們嗎？」長期深受焦慮所苦的約翰加爾文相信，人類絕不可能逃離「焦慮」的折磨。其中一位替約翰加爾文撰寫自傳的作家察覺，為憂鬱症所苦的約翰加爾文認為，免於焦慮是他最渴望達到的境界，這也是禁慾主義者眼中所謂「至高無上的幸福」。

不同於歐洲11世紀至18世紀的文學，日本與中國文學鮮少以善惡觀念、抽象的宗教或倫理間的衝突作為作品主題。在亞洲文學中，沒有任何詩詞或小說能與米爾頓的《失樂園》或但丁的《神曲》相提並論，也沒有像摩爾之類的英雄，願意為宗教信仰犧牲自己的性命。加藤秀一指出，日本此時期的小說，大多以描述社會和諧關係與性愛的歡愉為主。

吸引亞洲人的佛教哲學觀強調，「寧靜、安詳」為人生的終極目標。想要達到這種境界，必須排除自身所有慾望，因為不切實際的願望是造成人類痛苦的主要原因。除非個人能抽離對外界的意識、知覺，否則很難達到安詳的境地。個人必須先達到「涅盤」的境界，才有可能將世俗的一切放下。

「涅盤」來自於以下故事：「一名僧侶在樹下冥想，此時他的妻子抱著兒子前來。她放下兒子對僧侶說：『這是你的小兒子，你有責任撫養我們兩個。』僧侶無動於衷，並讓妻子離開。佛祖看見這種情形表示，『當他妻子來的時候，他沒有任何喜悅；當他妻子離開時，也毫無悲傷。他已經超脫情感，是一位真正的婆羅門。』」美國現代心理學家與精神科醫師，尤其對依附理論深表贊同的人認為，這名僧侶一定罹患嚴重的憂鬱症，必須接受立即治療。

願望無法實現所隨之而來的悲傷以及後悔，與受到同儕或上帝責備、批評而產生的焦慮或內疚截然不同。擔心與悲傷同樣都會展現人類脆弱的一面。此外，如果你不想情感受到過度刺激，不管是愉快還是痛苦，你對外界應該要有消極，而非積極的態度。沒有幾個歐洲哲學家會讚揚2千5百年前中國哲學家老子所提倡的無為：

堅強處下；柔弱處上
天下柔弱莫過於水
而攻堅強者莫之能勝
弱之勝強；柔之勝剛……
聖人之道，為而不爭

孔子則更比老子早5百年提倡相同思想：「人不知而不慍，不亦君子乎？」

這種消極、被動接受人生諸多限制的觀念，與19世紀法國精神科醫師賈內（Pierre Janet）的人生觀完全相反。賈內提出的概念可說是佛洛伊德學說的基礎。他認為，「悲傷是一種軟弱的象徵，有時甚至是一種習慣。病理心理學的研究已經告訴我們悲傷會使人不幸。在此同時，他們的研究也證明一件非常重要的事，那就是工作與快樂的價值。」

早在2千年前的索發克里斯（Sophocles）也抱持相同看法，「世界上最甜美的事情莫過於每天充滿動力，努力追求最渴望的目標。」學者批評，「不怨恨也不具慾望，平和接受生命」，以及「積極克服所有障礙，達成最終目標」，這兩種哲學觀通常只強調文化與環境兩種因素。

在西元前5百年至15世紀之間，中國以農立國，多數人居住在小城鎮，彼此關係良好。這個區域自古便有各種無法預測的天災，如河水氾濫、乾旱、地震等。由於上述兩種因素導致當地人習慣以消極心態面對無法控制的世界。反觀當時的歐洲，不僅擁有舒適氣候，也發展出必須承擔風險的大型商業活動以及和不同族群進行交易。

然而，我認為基因組影響人體的氣質，才而讓這兩個區域的人產生不同的意識型態。假設某一群成年人擁有的神經化學物質讓他們的身體容易受到刺激，如產生焦慮、內疚感或追求愉悅的渴望，但社會上的哲學觀卻要他們過著平靜、無慾的生活，兩者一定會產生衝突，因為外界的要求與他們內心世界截然不同。正因如此，亞洲人的涅盤觀念對於多數歐洲人而言不但不合理，也是遙不可及的理想。

相反的，社會若能接受人體長期的焦慮、內疚與挫敗，對於那些不易受到外界刺激的人格特質而言，這種接受度似乎無多大用處。換句話說，不易受到外界刺激的人似乎真能讓自己不受強烈、不愉快的情緒干擾。傳統的中國人與其他亞洲人將身體比喻成一種容器，裡面裝的是有限的精力，稱之為「氣」，因此他們必須善用這些氣，而不能隨意揮霍。

反觀佛洛伊德的理論，他認為性慾必須適當發洩在他人或其他活動上，人才能獲得歡愉，壓抑性慾可能引起神經機能方面的症狀。鴉片一向是中國人的最愛，因為這種禁藥能讓人放鬆；高加索白種人則偏好古柯鹼或安非他命，這兩種藥物能增加刺激感。文化與基因交互影響每個族群的哲學觀，就像白線、黑線交錯應用而成的灰色織布。

憤怒該壓抑還是該宣洩？

文化、社會階級與經驗對個人的影響通常比基因還要重要。前面曾提過氣質像是黑色織線，而經驗就像是白色織線，這種比喻方式也可用在每個獨立族群的基因組與文化習俗間的關係。人類的控制絕對感覺基因差異不大，主要在於自然環境與全球商業、政治結構改變所造成的影響。

更重要的是，人類基因差異其實與政治或法律無密切關係。舉例來說，相較於男性，女性基礎代謝率較高，肌肉群較少；然而，大部分民主社會並不會以此作為賦予或限制女性權力的基礎。不幸的是，許多人會為其他族群貼上「好」或「壞」的標籤，也因此種族間氣質的差異會引起個人強烈的情感。

當我們對全人類基因與氣質的瞭解越完整（或許下2個世紀就會發生），越能知道每個獨立族群所擁有的特殊氣質為何。在未來，那些證據也可能會指出，每個族群中哪些氣質是他們的社會能接受，有哪些不能接受，因而達到平衡的狀態。假設（純粹是假設），科學家發現高加索白種女性罹患憂鬱症的風險較高，而非洲女性則較容易罹患糖尿病。或者亞洲女性較具有空間推理天分，但自殺的機率也較高。當所有證據支持上述範例時，我們越能瞭解某些特定對偶基因不僅會帶來好處，同時也會產生害處。

不管在邏輯還是實際經驗上，一個社會不可能以法律或習俗，來特別規範擁有特殊基因的個人。總是以生物觀點解釋人類行為的生物學家，也不會堅持道德價值或法律必須與科學事實相配合。他們並不主張人性是決定個人性格好壞的唯一要素。「事實」應該僅適用於「世界」所發生的狀況，而非「個人」。至於「好」與「壞」這兩個形容詞則是形容人及他們的行為。

生在大都市常會增加個人的競爭與侵略性，這些人必須為自己顯現的特質找到合理的理由。當生物學家宣稱，漠視他人福利的過度競爭是「自然狀態」時，許多人因此認為這種行為風格被社會大眾所接受，進而將這種行為賦予必要且正當的道德標籤。就像遠古時期的國王或酋長，要求占星家或巫師決定何時要出兵作戰，何時要播種。

如果18世紀的美國人，不那麼熱衷以自我倫理標準或法律為發展基礎的話，或許能避免許多衝突。在美國發生內戰的前一個世紀，支持或反對奴隸制度的爭論重點在於，黑人是否與白種人屬於同一個種族。如果答案為「是」，黑人將能獲得自由；如果答案為「否」，雇主則不須給奴隸任何自由。通常我們會藉由經驗決定什麼才合乎倫理道德。為什麼18世紀的美國人將科學視為至高無上的權威？為什麼他們（或我們）持續將科學事實視為保護道德論點的最佳防禦工具？

科學大多為客觀的事實，這些事實來自於自然界而非人類觀點，也因此會被認為是公正無私、公平、正義。此外，由於人道主義的發展讓科學贏得社會大眾的尊敬，科技不僅增加我們的權力感，更能預測不久的未來可能發生的事情。因此，科學與理性，讓人類很容易將科學知識視為道德與法規的最佳指導方針。

上個世紀初期，自然科學家坦承他們的知識與道德沒有關係，因為自然是沒有任何預設立場，是中立的，也因此人類必須尋找其他目標作為道德指導方針。當19世紀結束，歐洲知識分子紛紛闡述康德對知識與價值的區別，並贊成齊克果（Kierkegaard）的觀點：「存在」與「良善」間有著不可逾越的鴻溝。

我們無法為倫理找到任何理由，它只存在於每個人的信仰中。只是很多人並不贊成這種說法。20世紀的教會或哲學家，都無法為道德規範提出具說服力的原理，科學家因此自願填補裂痕，承諾會為社會大眾蒐集與道德相關的各種客觀資訊，重新建立道德指導方針。但我們不確定社會科學家或生物學家是否真能實踐諾言。

有些人類學家相信，研究猩猩和古文化，或許可以得知人類基礎的本質，並建立一套與本質相符的倫理道德。然而研究猩猩或其他文化不大可能提供這種功能。長臂猿是猩猩的一種，牠對伴侶十分忠誠，類似草原田鼠；相對的，大猩猩不會只擁有一個伴侶。侏儒黑猩猩煩躁時就會做愛，而與侏儒黑猩猩種類相近的猩猩，在煩躁時變得十分具侵略性。

很明顯的，我們無法得知哪個種類對人類而言是最佳的研究典範：是做愛還是戰爭？不管猩猩或人類，男性的性生活通常比女性複雜，難道我們應該修改關於通姦方面的法律嗎？

大部分美國人相信，憤怒的表達是天性。當小孩受委屈或攻擊時，美國父母會教導小孩要適時抵抗，若被威脅或欺負更要學會保護自己。也有許多人認為，如果一直壓抑小孩的怒氣或敵意，長大後或許會出現身心失調的症狀。

然而，研究哈德遜灣愛斯基摩人的布利吉斯（Jean Briggs）質疑這項觀點，她認為壓抑敵意並不會產生不良後果。她以愛斯基摩人2歲以上的小孩為例，他們發脾氣純粹是大人不關心他們，受到冷漠的對待。剛開始，小孩會煩躁，但經過一、兩年養成規律的生活習慣後，怒氣消失無蹤，對他人也不再具侵略性。

當初認為是壓抑怒氣產生的腸胃炎、頭痛或其他心理症狀也不藥而癒。因此，究竟對人類而言，怒氣的展現是必須的嗎？還是應該壓抑它？答案是「兩者皆非」。壓抑怒氣帶來的後果要視當時社會背景而定。對於一年有九個月必須住在冰屋的愛斯基摩人來說，肆無忌憚的發洩怒氣是不被社會所接受，這種壓抑並不會導致身心失調。

每個種族都盡力要適應自己的文化。到底有沒有一個最「合適」的種族能作為21世紀人類的學習典範？如果科學事實無法成為倫理道德的基礎，那麼要如何尋找一個基本的倫理準則？其中一個最重要的來源是大眾觀點，當然這種觀點會隨著時間的變化而改變。

大部分美國人認為暴力、欺騙、心胸狹隘、高壓政治在道德上根本無法站得住腳。即使現在舉辦公投，相信結果也是如此。在事事講求民主的現代，許多道德議題都付諸選票。換句話說，社會已經接受用公眾觀點解決道德困境的方法。當最高法院無法客觀定義何謂「黃色書刊」時，法官讓各地民眾自行決定，哪些書籍或電影超出他們能忍受的範圍。法院將大眾反應合法化，讓他們成為價值觀的最後決策者。

由於美國的實用主義，使得某些人不贊成對於人類種族的基因差異，抱持道德中立的態度。美國人不大讚賞無實用性的知識。即使國會投票表決花費數百萬美元在太空中放置望遠鏡，讓人們更瞭解宇宙運行，美國人還是不買單。這種知識的確讓大眾增加對宇宙的瞭解，卻沒有立即的實用性。

科學產品是啟發我們更瞭解世界的重要方式。具體與想像的緊密結合建構出科學結論，同時也喚醒人類的理解力、敬畏心以及好奇心。然而，我們不滿足上天賦予的優異理解力，甚至還要求所有的研究都能協助生活中決策的進行。我們必須謹記大腦、動物或文化方面的科學事實絕不能成為道德基礎。換言之，「科學事實」只能修剪「倫理道德」這顆大樹的繁枝末節，但無法成為孕育大樹的溫床。

53：副交感神經系統（parasympathetic nervous system）。自主神經系統的一部分，與交感神經系統相輔相成。主要與睡眠、消化系統有關。

54：本音（honne）。日本成年人與親近的朋友或家人相處時真實展現內心的想法與情緒。

55：建前（tatemae）。日本成人與一般人互動的方式，此時，他們不會那麼坦白、直率。

56：血清素運轉體（serotonin transporter）。能將血清素從突觸運送至突觸前神經元，減少突觸內的血清素濃度。

57：神經脊細胞（neural crest）。在年輕胎兒上短暫存在的細胞，與發展自主神經系統、臉部骨骼、感覺神經節以及製造黑色素的細胞有關。

6 TEMPERAMENT AND MENTAL ILLNESS

為情緒精神把脈

不失準的心理精神診斷

歷史最有趣的地方在於文字意義的改變。過去2百多年來，「精神疾病」、「精神障礙」以及「精神錯亂」的意義隨著時間產生變化。19世紀時，大部分美國與歐洲精神科醫生不大輕易診斷病人為「精神疾病」，除非他有嚴重的逾矩思想、習慣或情緒，讓他無法扮演自己的角色，如學生、配偶、父母親、員工以及社會大眾的一員。

相較之下，當時更沒有什麼人會被診斷有幻覺[58]、妄想或躁鬱症狀。這些人皆被視為無法融入社會，才產生與其他人截然不同的行為。舉例來說，古希臘評論家普魯塔克（Plutarch）曾經描述一位自認是亞歷山大大帝的男人最後被處以死刑，原因在於當時政府害怕他的情況會影響其他人，危害國家未來。

直到最近，長期憂鬱才不被認為是一種病症，只要他能理性的扮演好自己的角色，適當教導孩子，或合理完成被指派的任務。成年人若有酗酒、虐待配偶、習慣性說謊、賣淫或從事犯罪活動都被視為是自甘墮落，不道德的行為。但那些自以為是拿破崙，有幻聽或裸體在大街上奔跑及咆哮的人則不在此列。

究竟精神疾病狹隘的生物觀點有何吸引力，其實很容易能夠理解。大部分19世紀家庭的生活圈都很狹小，父母教導小孩的方式大同小異。若有人聽到死去祖先的聲音，自稱為亞歷山大大帝，騎著腳踏車無故對朋友大聲咆哮、或整天穿著睡衣在家裡不停踱步，在當時是十分罕見且無法解釋，因此這種異常表現很容易被視為是生物上的缺陷。19世紀的神經科醫生也同意這種推測，認為這些病患天生擁有不正常和衰弱的氣質。

當20世紀來臨，佛洛伊德以四種嶄新概念挑戰行之有年的舊觀念。

首先，他反對當時盛行的生物決定論，反而以焦慮這種模糊的心理學概念，解釋大腦功能與不正常的情緒或行為。這種推測暗指在一連串的過程中，病患的心理狀態是最關鍵的一環。

第二點，焦慮的產生主要與壓抑性慾有關，但如果是有意識的壓抑，焦慮程度會稍微降低。

第三點，佛洛伊德堅持病患的早期經驗，尤其與家庭的相關經驗是焦慮最重要的起源，也是讓症狀發作的關鍵原因。

最後，他指出任何人若在童年時期產生高度焦慮，成年後容易患有精神疾病。

上述推測顯示**每個人都有罹患精神疾病的風險，而不侷限於少部分基因有缺陷的人**。也因此，一生中若發生一次嚴重的焦慮或悲傷（在現代已開發國家有超過百分之二十五的成年人有此經歷），就是精神疾病的徵兆。

佛洛伊德激進的理論受到兩種人大力讚揚，一為自由主義社會學家，另一種則是美國知識分子，他們急欲同化來自歐洲沒受過教育的移民。當時許多學識和地位出眾的美國人對國會施壓，希望能通過法律讓精神疾病消失或讓移民政策更嚴格，以致於當時的移民十分不安。美國社會科學家不願意將移民兒童的教育失敗、以及犯罪行為歸咎於基因或大腦的問題。他們想證明這些麻煩的人格特質是環境造成，希望能加以矯正。

根據佛洛伊德對精神症狀的解釋，小孩與父母的互動具有關鍵性的因素。關愛與溫和的教養方式不大可能會造成小孩的內疚感，可讓小孩遠離心理病變。相反的，如果父母過於嚴苛，否定且不在乎小孩，這些互動都可能成為精神疾病的根源。

佛洛伊德在1936年提出他最經典的論文〈焦慮問題〉（The Problem of Anxiety）。他在文中指出，嬰兒對黑暗、孤單與陌生人的恐懼其實都屬於最原始的情感，也就是「失去深愛（或極度渴望）的人」，這個人通常指的是母親。這項大膽，但未經證實的想法被視為是最具深度的洞察力。大概50年前，大部分美國與歐洲精神科醫師與心理學家，十分確信冷漠的母親會讓小孩產生嚴重的衰竭症狀，稱為兒童自閉症。

但今天沒有任何臨床醫生或科學家會捍衛這個想法。

佛洛伊德對精神疾病的看法，之所以會在美國與英國普及，主要與19世紀末、20世紀初發生的一連串歷史事件有關。

首先，汽車、公車、飛機、電話、電燈與電影製作都需要新形式的能源驅動。因為汽車與飛機看起來似乎很危險，所以這些機器讓人又愛又怕。

第二點，城市的擴張需要大量員工，許多年輕女性離家背井移民至城市。在這裡，她們與尋找性伴侶的男性產生互動。由於保險套這種廉價的避孕方式問世，讓未婚女性即使發生性行為也不怕懷孕；再加上性慾的意象，如色情文學瀰漫歐洲的文學與藝術圈。儘管性行為是有意識的行為，但還是會引起人們焦慮、羞愧與內疚的複雜情緒。

第三點，各種傳統權威與假設受到挑戰，包括女性的地位；她們要求像男性一樣擁有教育、投票以及享受性歡愉的權力。這種讚揚個人自由權力與自我滿足的觀念，在美國與英國越來越普遍，因而讓佛洛伊德的學說在這兩個國家十分受歡迎。

佛洛伊德可能多少受到維也納社會虛偽的影響。這種狀況當時變得十分顯而易見，以致於社會評論家批評，整個社會就像是蒙上一層偽造的外皮，真正的本質被隱藏在公眾行動與對談之下。這項見解直到近來X光的發明才受到支持，為精神分析的假設提供具體實證。換句話說，個人的主要特質大多存在於潛意識，而非他人有意識的瞭解與解釋。

當人產生模糊、困惑時，會尋找一種與大眾意見相符的合理解釋。物理學家對於能量的解釋獲得高度重視，因此佛洛伊德提出的「直覺」（是一種和能量遵循相類似的法則）理論，即使明顯缺乏有力證據也同樣能吸引大眾。

佛洛伊德發明一種極富創意的隱喻。他表示，向其他人坦承壓抑慾望所產生的精神衰弱，就像是密閉的熱水管被暴露在空氣中一樣，熱能會逐漸消失。再者，渴望擁有金錢、名聲、地位與優異小孩等已經是過時、普通的慾望。強烈渴望跳脫傳統束縛，像是與其他人頻繁發生性行為，就是種新奇的慾望。也因此，與性相關的想法持續縈繞心頭，有如牙齒上有菜渣，你得不停的用舌頭將它清掉。

佛洛伊德認為，壓抑性慾是焦慮以及某些惱人症狀的首要原因。對於挑戰傳統權威的人與強調主權的女性來說，這種能量隱喻的說法似乎十分正確。佛洛伊德認為，性挫折是興奮感與不確定感等複雜情緒的唯一起源，但其實是不同歷史狀態所造成。如果佛洛伊德能閱讀13世紀商人到阿拉伯的遊記，他或許就能瞭解自己的想法有哪些缺陷。這個地區的居民對性行為不大會產生羞愧或罪惡感，但卻極度暴力，且容易產生焦慮與憂鬱的情緒。

一個世紀之後，世界上又出現許多新奇的科技產品，包括手機、網路、DVD、傳真機等，讓許多專業人士能獨立作業。同時，新工作的安排需要勞工與家人每隔幾年就得移居到新城市，無法與鄰居熟識。芝加哥大學傑出的心理學家卡西普奧（John Cacioppo）、以及科學雜誌編輯派屈克（William Patrick）幾年前曾合著一本書，書中主張，現代人缺乏親密與信任的人際關係，才是焦慮與憂鬱症的重要原因，而非是受到限制的性行為。

我猜測到了2110年，又會出現其他目前無法預測的新奇事物，屆時憂慮、內疚、羞愧、憤怒與悲傷等感覺，可能就像現在的飢餓感與淤青的膝蓋一樣是家常便飯。橫跨歷史與文化來看，不管是性慾的壓抑或人際關係的疏離，都不是焦慮或憂鬱的起源。我們倒不如說，這些情緒的肇因讓我們更瞭解人的心理資源狀態如何形成，或者怎樣的道德標準才是正確的。

一名熱愛工作的未婚燈塔守望員，他不認為與社會隔離就代表他不適任，沒有價值，不值得獲得幸福，他甚至不會有極度焦慮或憂鬱。西元1900年焦慮的性行為，以及2010年缺乏親密的人際關係，都會產生不愉快的感覺，但自我調適能力強的人理論上應該是能適應。

許多年約25歲的美國女性認為，每次性行為都必須達到高潮，若經常無法獲得這種快感就得求助專業醫生，但18世紀的美國女性可不這麼認為。換句話說，佛洛伊德沒有認清罪惡的根源並非壓抑性慾，而將這種狀況解釋為個人的不健康、不符合天性，以及是個沒有價值的人。

許多佛洛伊德的追隨與提倡者，包括荷妮（Karen Horney）、克萊恩（Melanie Klein）、朵伊契（Helene Deutsch）都是受過高等教育的歐洲女性。她們是60年後帶領女性脫離男性主權的先驅。美國人認為追求情慾是每個人的自由。這種私下的興趣為佛洛伊德的理論背書：如果個人能在潛意識釋放慾望，他們將會活的更健康、更有活力。

一本1930年非常普及的心理學教科書主張（未經證實），人類發展的首要目標是將小孩從家庭的束縛中解放。根據佛洛伊德的說法，精神分析讓「精神病患從性慾的枷鎖中釋放」。這種說法之所以會被接受主要受惠於「不自由，毋寧死」，以及深藏在潛意識黑暗牢籠中，對「性滿足」想法與感覺之間的連結。佛洛伊德敏銳察覺自己的猶太人身分，在反猶太的奧地利社會其實是弱勢，他希望能從這種種族與宗教歧視引起的焦慮感與警戒狀態中釋放。

佛洛伊德學說的追隨者認為，在理論上個人都能藉由以下兩種方式讓自己脫離焦慮，一是求助於精神分析，另一項為放棄自己追求愉悅的渴望。西方思想認為，人類應該能從焦慮中解脫，就像沙克疫苗消滅小兒痲痺症一樣，但這種概念其實是錯覺。人類的焦慮不可能完全消失，因為對未來的不確定，是人類與生俱來的感覺，就像肌肉可能會拉傷一樣。

佛洛伊德在世期間，精神分析在歐洲反而不像美洲普及，因為歐洲人追求的是社會和諧與個人慾望平衡的狀態。如果某些對個人的限制有益於社會，歐洲人願意接受這些束縛。在紐約與芝加哥崛起前，巴黎與佛羅倫斯就已經是滿布道路，充滿活力的城市。此外，歐洲國家長久以來深受戰爭所苦，而戰爭就是個人不斷放大對權力的慾望所導致。一般來說，歐洲人對佛洛伊德的主張大多抱持懷疑的態度，他們不認為違背社會道德的個人自由是一種有智慧的哲學觀。

生物學家也開口了

佛洛伊德強調個人經驗的學說在美國行為學家推波助瀾下，幾乎主導當時社會意識型態約60年之久。多數1920年代的美國評論家深信，所有精神疾病都來自於父母不適當的對待。然而，這種狹隘的觀念在1970年代產生重大改變，可由以下兩點說明。

首先，縱使個人不壓抑性慾，社會上焦慮與憂鬱情緒不減反增；再者，佛洛伊德所稱早期經驗，如嬰幼兒的斷奶與如廁訓練對個人的影響並非如他所預測，因此大眾對精神分析理論的信仰逐漸分崩離析。當佛洛伊德將道德假設加至他的理論時，他犯了兩項錯誤，其一為限制性慾是不健康的，另一項是社會一定會干擾個人最理想的心理發展。反觀達爾文，他瞭解自然界中沒有所謂的道德價值；在品種上，鷺並不會比雞還優異。

第二點在於神經科學家與分子生物學家的新觀念。由於科學家能藉由新科技觀察人類大腦與基因，所以能用生物學觀點解釋精神疾病的原因。這種「回歸生物影響論」的說法受到年輕科學家的支持。

部分以教育為職志，受過高等教育的女性放棄教書，轉而成為律師、醫生、生意人或科學家，讓城市學校教育漸漸腐敗，導致年輕人沒有閱讀、寫作或解數學題目的能力。約一個世代以前，美國人一定會責怪家庭，沒有鼓勵小孩多留在學校複習。

到了1960年代民權運動過後，這種情況成為政治問題，他們責怪貧窮的非裔美國人或西班牙裔美國人對小孩的教育失敗；也有人將缺乏傑出成就歸咎於生物機制。一旦這種想法受到大眾的支持，學習障礙、讀寫障礙、注意力不足過動症[59]的診斷將會急速上升。

此外，由於減輕焦慮、憂鬱或過動症狀的藥物較為普及，許多精神科醫生寧願給處方籤，而不是讓小孩接受心理治療或輔導。這種對藥物嚴重依賴的另一項原因是，許多保險公司願意給予藥物賠償，而非提供6個月的心理治療、或付費給大學生教導小孩如何閱讀。

如果藥物裡的化學物質能緩和症狀，那麼將化學藥品視為一種起因似乎也十分合理。這種邏輯十分受到支持，即使醫生知道過度剷雪是引起肌肉酸痛的原因之一，但他們卻寧願藉由止痛藥減輕不適感。不幸的是，治療方式的解釋過程與引起症狀的原因截然不同。

美國與歐洲人持續受到古希臘人敏銳的洞察力所吸引，這種幾世紀以來受到自然科學家支持的概念指出，物質，如原子、分子或神經元是所有心理現象的基礎。思想、願望與感覺並非物質，而是由大腦衍生出的次要過程。若將上述所有原因整合起來，等於是將「生物機制」視為精神疾病的起始原因，並將氣質回歸至早期的概念，也就是大腦物質為許多症狀的關鍵所在。

精神科醫生的寶典

其實我們不容易提出氣質對於精神疾病的貢獻，因為精神科醫生習慣藉由病患口述症狀來將精神疾病加以分類。換言之，這種狀況忽略氣質強大的因果關係，以及病患過去的經歷與生活現狀。許多病患無法提到這些事情，因為已不屬於他們的意識之列。

無法與醫生討論症狀的起源其實非常不恰當，精神科醫生診斷手冊（稱為《精神疾病診斷與統計手冊》[60]）上的類別其實不只有一種因果條件。每種精神疾病都是氣質差異與生活經驗的綜合體，因此要判斷某種特殊氣質是否會影響個人罹患某些精神疾病，其實是十分困難。單以病患口述判斷疾病的問題在於，症狀種類一定少於化學分子、大腦運作與生活經驗的組合。

約翰霍普金斯大學醫學院精神病學系系主任麥克修（Paul McHugh）在其著作《記憶》（Try to Remember）中解釋，為何現今《精神疾病診斷與統計手冊》上的精神病種類會如此廣為流傳。1970年代的精神科醫生認為，他們需要一套大部分醫生都認同的分類系統，並以此區分偏執狂、憂鬱症或焦慮症的不同。

過去醫生不需要有共同的診斷標準，他們通常藉由病患以往的生活經驗，對潛意識的衝突提出推論。如果疾病類別僅採用表面症狀，那麼很容易就能獲得多數醫生的認同。這種假設實際上忽略生物的起源、以及病人的過往歷史。撰寫這本手冊的教授更假定，如果一群有經驗的精神科醫生認為某特殊疾病類別存在，那麼這種現象就實際存在。但從幾個實例看來，這種想法似乎有欠公允。舉例來說，麥克修認為手冊上描述

「多重人格障礙」[61]其實是不存在的。

某些描述情緒性的英文字其實隱含多種不同面向。被喜歡的人拒絕、長期缺錢、被資遣、沒有能力完成任務、小孩突然死亡或被好友、配偶背叛等所帶來的悲傷與沮喪其實是不同的。大多數精神科醫生忽略這些差異，將所有自認長期悲傷與冷漠的個人一律規類為「憂鬱症」。

基於上述原因，**只要精神科醫生忽視症狀的起始原因，我們就不可能瞭解氣質差異對各種精神疾病有何影響**。相同的，如果生物學家將罹患各種癌症病患放進同一個類別，那麼他們絕不可能發現讓女性容易罹患乳癌的基因。

一看就懂的精神診斷入門：麥克修的四大家族分類

麥克修認為精神科醫生需要全新的分類方式。這套系統必須包含「氣質影響力」與病患「過往的經驗」，因此他以症狀與病因先將精神疾病分為四大類。這種分類法就像身體疾病，根據病因分為四大家族，包括病毒或細菌感染、細胞不當增生、循環問題以及代謝異常。每個家族又包含各種疾病，同屬於一個家族的疾病有某些共同點。

麥克修的分類有三項關鍵假設。

第一，每個病患必然是各種生物機制弱點，與過往生活經驗的綜合體。

第二，每個病患都有可能表現出焦慮與憂鬱的症狀。

第三，即使沒有氣質上的弱點，還是有可能因為生活壓力或挑戰而引起某些症狀。

我們為麥克修再增加四項合理假設。

第一，**「突發事件」通常是將某些氣質弱點轉換成精神病症狀的啟動因子**。成年人若遇到一連串新挑戰，如離家念大學，會變得十分焦慮或沮喪。如果住家與大學相離不遠，或許就不會出現嚴重的症狀。如果女生胸部比同儕還早發育，她們會十分沮喪，因為不僅外表與其他女孩不同，還得受到男孩言語上的性挑逗。至於年輕男孩若發育較慢，如長的較矮小或不夠強壯，也容易受到同儕的嘲笑與欺負，產生憂鬱傾向。

第二，病患詮釋的事件是許多（但非全部）症狀的主要原因。如果是犯罪行為、地震、水災或海嘯等災難下的受害者，他們不是部分接受自己的不幸，就是對往後的災難毫無招架之力，他們大多會產生創傷後壓力症候群[62]。唯有將災難視為突發狀況，不認為自身行為或未來安全有任何問題的人，才能遠離創傷後壓力症候群。

有些被強暴的受害者認為，自己要為暴行負某部分的責任；有些憂鬱症患者認為，自己的不快樂是過去違反社會道德的懲罰。當個人認為自己是存心引起那些狀況時，內疚感就會慢慢腐蝕他們的情緒。相反的，如果個人認為災難是由其他人造成，憤怒就會成為最主要情緒。長期處於貧窮狀態的美國人，就時常對他人抱持憤怒的情緒；至於有錢人因為投資失利而積蓄全無，則很容易產生內疚。

文化背景會讓人對事件或心理狀態有不同的詮釋。將時空背景轉換到17世紀德國的小城鎮，曾在年輕時受到陌生人性挑逗的婦女幾年後出現憂鬱、焦慮症狀，她們解釋自己一定是女巫才會受到惡魔的誘惑，產生不幸。若時間換成現代，擁有相同症狀的德國婦女，在接受心理治療後，才接受幼年遭受父親性侵是不幸的主因。

許多受高等教育、經濟獨立的紐約女性若對任何事提不起興趣，她們就會運動或減少碳水化合物的攝取；相對的，南亞的移民女性遇到相同感覺，則會攝取更多的碳水化合物、睡覺或前往附近的清真寺重建對宗教的信仰。

居住在加拿大溫尼伯湖附近的印地安人。他們完全不怕當地的熊，即使自己身受重傷也是如此。但如果熊侵入他們家庭的居住地，這些印地安人會變得十分緊張，因為這表示村莊中有人被施法了。

不到1百年前，許多美國人相信手淫的小孩變「瘋狂」的機率較高。佛洛伊德認為發生性行為但沒有射精，或時常練習性交中斷的男性容易產生嚴重的精神疾病。現在超過50歲的美國人猛烈抨擊威而剛的廣告，因為廣告主打缺乏性滿足對健康是一種嚴重威脅。不論個人經驗是否豐富，若將某種狀況視為危險警訊還是免不了產生憂慮情緒。

第三，陌生或突發的壓力，是讓焦慮或憂鬱變的更嚴重的原因。

大一至大三都名列前茅的大四學生，若不小心拿到較低的分數，心情可能會十分沮喪。一名在投資方面無往不利的投資客突然慘遭滑鐵盧，損失一大筆錢，他一定會產生焦慮或內疚感。以往居住在奧地利與德國的猶太人，原本過著優渥的生活，然而1938年希特勒政權建立後，他們從此過著夢魘般的生活，憂鬱、長期焦慮的情緒終身縈繞，即使他們有機會逃出納粹集中營也是如此。相同的事件對於那些考試常低分飛過，從未賺大錢或始終是社會中下階層的人則有不同的反應。

「相信」可以藉由某些努力減輕病情，對病患來說十分重要。若病患認為自己無藥可救，焦慮與憂鬱的情況會更加嚴重。所有社會都能透過某種儀式或方法，減輕對健康與財富層面的焦慮感。

儘管許多研究指出，成年人若能均衡飲食，就不必補充維他命或健康食品，我們卻很難改變這些人每天早晨「吞藥」的習慣，因為人類需要做些事情減緩自己對健康的不確定感。換言之，那些認為沒有辦法減緩自己的擔憂、羞愧或內疚感覺的人，很容易陷入更嚴重的憂鬱症。

麥克修精神診斷的四大家族

現在開始描述以症狀分類的四大家族，它們的起源分別為：(1)嚴重的大腦病變；(2)容易產生焦慮或憂鬱的氣質；(3)不易控制衝動的氣質；(4)生活環境。

家族一──症狀：注意力、記憶、推理、語言或意識狀態產生嚴重缺陷。
診斷：精神分裂、躁鬱症、自閉症。

第一種精神疾病的定義為注意力、記憶、推理、語言或意識狀態產生嚴重缺陷。這種症狀大多發生在男性身上，但也是四個種類中發生頻率最低的類別，尤其在過去1百年來發作頻率已經逐漸改變。這類精神疾病的起因，常是因為大腦天生結構或化學物質產生異常，但也有可能是大腦受到感染，或者在某些情況下因年紀漸長而讓大腦功能退化。這個類型的病患通常被診斷為精神分裂、雙極性精神失調（又稱躁鬱症）或自閉症。若使用核磁共振檢測這些病患的大腦，通常會偵測出一種以上的異常。

這些疾病的起因通常不只一種。換句話說，**沒有一種精神疾病只有單一病因，在發病過程中也可能受到病患的性別或社會階層影響**。舉例來說，研究以色列罹患精神分裂男性的研究人員發現，受高等教育、家世背景較佳的男性，患病機率似乎比貧困家庭的男性還要高。

如果兒童的語言或社交能力嚴重受損，表現出不當的情緒或典型的重覆性動作，如拉頭髮、搖晃與撞頭，就會被診斷為自閉症。不管是單一還是多重症狀，這種疾病可能是由一些未知的生理狀態所造成，包括基因或染色體改變，懷孕時母體身體不適，出生受到感染或罕見的嬰兒期免疫系統反應。

１９５０年代當我還是研究所學生時，大部分發生這些症狀的兒童被貼上「大腦受損」的標籤。「受損」這個字（「缺陷」在語意上更為貼切）其實隱含負面意義，但若以「自我中心」（autistic）形容這些兒童便少了負面意涵，原因在於英文字「autistic」其實與「artistic」（藝術氣息）較為相近。

「自我中心」、「孤獨」這個類別包含許多種類的精神疾病，如果將所有「自我中心」的表現全分為一類，統稱為「自閉症系列」是錯誤的。這種分類法對「精神分裂」或許是正確的。１９９０至２００３年，自閉症在美國加州的成長率竟達百分之六百，因為當時的精神科醫生只要發現有嚴重的語言遲緩、不恰當的社交行為、或典型的重覆性動作就診斷為自閉症。造成自閉症的原因有許多種，若將所有病患診斷為同一種類型，就無法發現每種疾病獨特的生物特徵、以及最佳的治療方式。

沒有內科醫生會將所有抱怨頭痛的病人分為同一類別，並稱為「頭痛系列」，因為他們知道頭痛可能是由各種不同原因引起，每一種治療方式都不同。此外，自閉症患者與一般兒童不同，比較兩者認知能力測驗的分數高低是沒有意義的，這種比較方式只能瞭解自閉症兒童與一般兒童在記憶與語言能力上的分數差異。既然兩者在記憶與語言能力的出發點不同，那麼這些研究是否有價值則值得深思。沒有生物學家會讓小兒痲痺症患者與一般人比賽跑步，並比較兩者的時間差。

家族二—症狀：氣質差異與生活經驗導致長期極度焦慮與憂鬱。
　診斷：畏懼症、創傷症候群、恐慌症、廣泛性焦慮症、強迫症、厭食症、憂鬱症。

麥克修提出的第二種家族特徵：因為氣質差異與生活經驗，而導致長期極度焦慮與憂鬱。此家族內的患者擁有完全不同的症狀，包括畏懼症、創傷症候群、恐慌症、廣泛性焦慮症、強迫症[63]、厭食症[64]以及憂鬱症。這七種類別包含不同起因、好發年齡與遺傳程度。

與家族一不同，這些疾病較常出現在女性身上，且原因為大腦化學物質不平衡，而非結構異常。儘管這些病患私下擁有極度痛苦的感覺，但大多數人還是能扮演好父母、員工或市民的角色，有些人的表現甚至十分傑出。

16世紀宗教改革運動領袖加爾文、20世紀作家吳爾芙、艾略特、以及諾貝爾生物學

｜圖6. 杏仁核、島狀皮質與前扣帶皮質在大腦的位置。｜

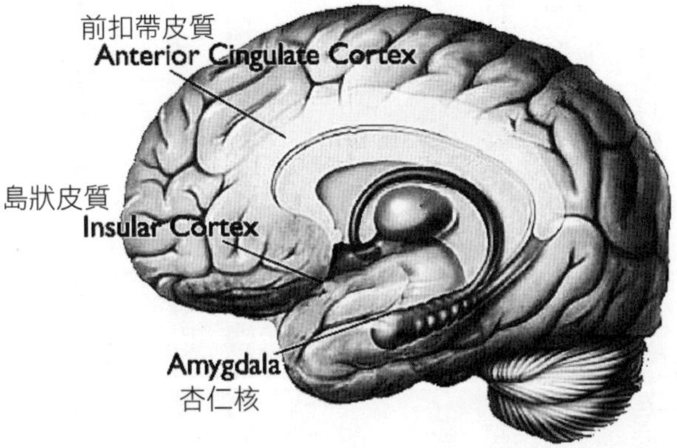

得主蒙塔西妮都是最好的例子。他們在有生之年飽受焦慮或憂鬱症所苦，或許如此才能激發他們的創造力。此家族的病患有一個十分重要的生物特徵，亦即大腦某些結構如杏仁核與前扣帶皮質[65]會出現異常興奮的狀態。

影響興奮程度的基因與分子有很多。這些基因通常也影響血清素、多巴胺、正腎上腺素的活躍程度，至於分子則是可以控制活躍的時間長短（詳見圖6），因此刺激這些構造活化的狀況也就包羅萬象。

若這些構造容易興奮，會使個人容易因新奇的經驗或狀況產生誇張的反應，再者，他們得從眾多選擇中選出最佳的行動方式。陌生狀況會導致「事件不確定感」，要從眾多選擇中決定一個最佳行動方案又會產生「反應不確定感」。每種狀況都與不同的症狀有關。

會怕蟑螂就一定要認識的恐懼症

這種症狀的定義為持續逃避某種特殊物體或狀況，且產生極不舒適的焦慮感。**個人的氣質與過往經驗可能會影響他們害怕的物體或狀況種類**。舉例來說，成年人有時會說自己害怕小動物，如蜘蛛或蟑螂，但這種擔心只是怕被弄髒，而非憂慮身體受到傷害。這不是病患恐懼大型狗、高的建築物或密閉空間的主因。

許多病患害怕打針或見血，其實他們擁有一種在恐懼症[66]患者中罕見的生理機能。他們的收縮壓很低，所以一看到血就會昏厥。另一種病患則是有懼高症，他們負責平衡感的內耳受損，所以當他們從懸崖或高樓往下看時，也會產生不舒服的感覺。

最常見的恐懼症是逃避陌生人或陌生環境，稱為「社交恐懼症」或「社交焦慮障礙」。有些病患發現自己被其他人打量時，便會不由自主的臉紅。多數人則是不知道在陌生人面前如何自處，這就是「反應不確定感」的其中一個例子。

這些人不怕被傷害、弄髒或昏厥，但他們很擔心自己的外表、言語、不自然的表情或過於天真，所以陌生人面前感到羞愧或尷尬。罹患社交恐懼症的日本人表示，他們之所以會躲避陌生人，原因在於不想自己笨拙的動作打擾到其他人。至於有社交恐懼症的美國人關心的是自己的感覺，而非其他人。

社交焦慮障礙又包含兩種類型的病患。第一種類型在青少年時期前就會產生症狀，另一種類型則是要過20或30歲以後才會出現。這兩種類型的病患或許擁有獨特的氣質。抑制型反應嬰兒，長大後很有可能成為早發型的社交焦慮障礙。他們遇到陌生人時會十分緊張，不喜歡處於群眾之中，通常偏好能獨立作業的嗜好或職業。

有些病患很幸運能找到適合的工作，遠離陌生人與陌生狀況，藉由這種良好的調適，這些人通常不需要求助專業醫生。我認為艾略特就是一個很好的例子。雖然他的氣質使他容易出現社交焦慮障礙，但由於擁有他人的尊敬與不餘匱乏的經濟來源因而減輕這種症狀。

災難倖存後的「創傷後壓力症候群」

創傷後壓力症候群簡稱PTSD，主要定義為極度焦慮、強迫性思考、做惡夢，在突如其來的不幸事件發生後，如戰爭、強暴、地震、水災、嚴重車禍，人體可能對此感到麻木。這種症候群顯示病患氣質、生活環境以及主觀認定危險經驗的重要性。舉例來說，雖然這種精神疾病在大多數文化中是發生在女性身上，但擁有加勒比海血統的美國黑人男性則是例外，其原因在於這些男性經常參與同儕打架的暴力事件。

由於氣質影響，會發展為創傷後壓力症候群的兒童或成人通常只佔少數。舉例來說，在被綁架與脅迫的學齡兒童中，只有四分之一產生精神衰竭的症狀。相同的，目睹狙擊手殺害一名兒童、以及讓18名兒童受傷的洛杉磯小學學生中，只有三分之一在一個月後出現嚴重的焦慮感。

暴力事件過後，兒童若持續焦慮，容易受到驚嚇或產生逃避行為，這都表示這些小孩原本就擁有容易罹患PTSD的氣質。在安德魯颶風攻擊過後的7個月，有少部分兒童持續產生焦慮感，其實這些兒童在颶風攻擊前，即被歸類為容易產生極度恐懼感的小孩。

某些罹患創傷壓力症候群的人，目睹或參與違背人性的行為後，會產生對危險毫無招架之力或特別容易感到內疚。後者常發生在士兵身上。他們可能親眼看見對戰俘的嚴刑拷打、或對無辜老百姓的屠殺。換言之，他們無法合理化這種殘酷的行為。受到凌虐的戰俘不會產生創傷壓力症候群，因為他們瞭解政治信仰的不同，使他們受到這種對待。同樣受到嚴刑拷打的罪犯還是可能會產生PTSD。

重大災難受創後的倖存者，若能將此不幸視為偶然發生、罕見或無力掌控的事件，也可以遠離創傷後壓力症候群。

30年前，幾名伊朗人在首都德黑蘭，脅持一群美國人長達一年。雷根總統就職後，這群美國人馬上被釋放，並飛往美國空軍在德國的基地，由專業的精神科醫生與心理學家檢查心智狀況。雖然這群人質受到同樣的生命威脅，有些人仍舊能保持冷靜，並確信自己一定能毫髮無傷的獲救。另一群人質則自認一定會受到迫害，因而產生創傷壓力症候群。兩群人的氣質不同，因此對相同事件有不同的反應。

女性被強暴後情緒反應的強烈程度，端視她是否認為自己在受害過程中「存心」引起他人犯罪。一名青少女在凌晨兩點離開派對，走路回家途中遭受強暴。如果她認為當時若能和友人一同搭乘計程車、或早點回家就可避免事件發生，那麼她會更加自責、內疚與痛苦。加州心理學家弗林（Kathryn Flynn）曾與18名被教會神職人員性侵害的女性面談。這些受害者飽受夢魘所苦，長期坐立難安，無法停止回想性侵過程或者閉口不談這個經驗。

其中一名女性表示，「這種感覺就像在萬丈深淵，你知道嗎？我所能想到的全都是我被強迫做這件事的過程…。我的心思全都在想這件事…。它控制了我的大腦。」另一名女性則採取否認的態度，「我封鎖了事件發生過程，所以無法回想起任何事…我真的不知道…這件事是否真的發生過或只是一場惡夢…。對於這件事有沒有發生，我真的很困惑。」

對於何者為真、何者為假，最感到困惑的莫過於兒童了。我和太太帶著2歲半的女兒從辛辛那提動物園返家，到家後女兒堅持還要留在車內，因此我將車子換檔後（1957年，大部分都是手排車）便與妻子進屋。幾分鐘後，我聽到撞擊的巨響。我奔出門外，看不到車子，急忙跑到草地邊緣，那裡距離地面還有一百英呎。我看到車子墜毀在底下。我往下奔跑，發現女兒被摔到後座，但看起來毫髮無傷。經過醫生40分鐘的詳細檢查宣布，沒有骨頭斷裂，也沒有腦震盪，似乎沒受到意外事件影響。

當時我仍舊是佛洛伊德忠誠的信徒，我想此時最明智的做法是不要提起隻字片語，避免發展成汽車恐懼症。接下來23年的時間，我和妻子從未提及這件事。然而，在某年的聖誕節女兒來訪，我恰巧和她談到童年記憶。她說，在這23年間，她經常會想起車禍意外，但無法確定究竟是事實還是想像。當我告訴她實情後，她責怪我當下沒和她討論這件事。實際上，在車禍發生後的幾個月，我經常做惡夢，出現創傷後壓力症候群的徵兆。當時我十分自責將女兒獨自留在車上。

害怕離開安全的家嗎？

患有恐慌症的成年人擁有獨特的氣質特徵。他們對身體變化特別敏感，自律神經活動會突然活躍，如心跳加快、呼吸困難或過度出汗。這些突如其來的感覺部分原因來自於異常興奮的腦島[67]，產生不確定感。人體通常會試圖理解身體產生變化的原因。

如果他們認為這些感覺是危險的徵兆，舉例來說，「我要發瘋了」或「我可能快要心臟病發了」，他們會變得十分痛苦。一旦症狀持續發生，有些病患變得害怕離開有安全感的「家」，因為他們擔心會在高速公路上突然發作。這些不預警的身體變化以及悲觀的詮釋，稱之為「恐慌症」。相反的，如果認為這些變化與危險毫無關聯，就不會產生任何焦慮感，也不會被歸類為恐慌症患者，即使上述症狀會跟著這些人一輩子。

不是只有減肥減過頭才會罹患厭食症

厭食症患者的定義為幾個月，甚至幾年都不吃東西，大多好發於女性身上。這種疾病也是氣質差異與生活環境相互作用的實證。成年或年輕女性決定嚴格限制食物攝取的原因有許多種。美國社會提倡瘦是美麗女性的基本要件，因此許多女孩為了讓自己更具吸引力便開始節食，漸漸的就會發展為厭食症。

為了追求善良正直的美德，摒棄一切感官享受，或希望減緩胸部與臀部的發育，不想成為大人，這些都只是最初的狀況，最後都有可能發展成厭食症。後者在日本社會中最常見，因為日本女孩被父母過度保護，對於長大後所要承擔的責任會產生焦慮感。

最後一種原因是要確認自己仍握有掌控權。少數成年人擁有一種特殊氣質，在無法預測每天發生的事情時，就會產生惱人的不確定感。這種情況較常發生在抑制型反應的人。當他們無法掌控自己每天的生活時，就會變得十分焦慮，這也是厭食症的開端。如果年輕女孩無法預測接下來幾小時或幾天的事情，那麼她很有可能尋求其他方式，讓自己知道仍舊可以掌控生活的大小事，其中一種方式就是停止進食。

曾經為厭食症患者的莫辛（Laura Moisin）在自傳《小孩雷克斯》（Kid Rex）描述這段歷程。羅拉與生俱來的氣質，讓她一感到對未來無法掌控時，就會產生嚴重的不確定感。她在麻塞諸塞州紐頓讀高中時，因學業名列前茅且生活在雙親呵護之下，還能保有確定的感覺。但當她獲得紐約大學入學通知，且與其他同學一起住在紐約中國城的公寓時，她開始產生厭食症。

由於所有事情不僅雜亂無章且無法預測，為了減緩這種感覺，她停止進食。她甚至認為「我夠強壯，不須要食物也能存活」。經過幾種不同的療程後，她終於找到回歸正常生活的方式。我認為如果當初羅拉選擇位於小城鎮的學校，或許不會演變為厭食症。個人若從小生活在瀰漫保護氛圍的小城鎮，很容易在第一次離家念大學時產生嚴重的精神疾病，但前提是這些人的氣質是被歸類為抑制型反應者。

我們還不是非常瞭解青少年時期罹患厭食症是否會有長期影響。瑞典科學家曾對51名罹患厭食症的青少年（大部分為女孩，其中百分之一的人住在瑞典大城戈登堡）進行長達18年的研究。雖然有一半的人成年後不再出現厭食症情形，但在這「恢復正常飲食」的成年人當中有百分之五十出現其他症狀，尤其是焦慮症與憂鬱症。

至於其他百分之五十的人不僅完全恢復，且成人後也沒有產生任何嚴重的精神疾病，這些人似乎是在青少年晚期才罹患厭食症，也並非擁有完美生活習慣，或強迫自己要達成目標的小孩。這些證據顯示，只有那些罹患厭食症的人才擁有與精神疾病相關的氣質。

反覆再反覆的強迫症

產生下列幾種症狀就是了罹患強迫症（obsessive-compulsive disorder，簡稱ＯＣＤ）：

(1)某種無法壓抑的想法，通常與性、褻瀆宗教言詞或傷害他人有關。

(2)想要囤積食物、繩子或舊紙的衝動。

(3)每個小時會強迫自己洗手一到兩次。

(4)不停的確認自己是否有關瓦斯爐或後門。有少數病患不僅有上述一種以上的症狀，還會出現無意識的重覆動作，如眨眼、抓癢、咬下嘴唇。

強迫症同樣也可能是某些氣質與生活經驗交互作用的產物。在幼兒時期出現這種症狀通常是男孩，但若在成年後才罹患強迫症者通常為女性。產生重覆動作的強迫症患者可能是因早期的鏈球菌感染，導致與迴路有關的部分大腦受損，因而表現出抽蓄動作。

有一半罹患強迫症的成年人在小時候就出現症狀；而有一半出現症狀的兒童會持續到成年。男性與女性身體不適的症狀不大相同。女性病患產生憂鬱或恐慌時，會強迫自己不停的清掃環境；若是男性則會出現強迫性思考以及抽蓄動作。

強迫性思考的內容通常與個人文化背景有關。篤信回教的男性出現宗教性的侵入性思想；巴西男性想的與侵略有關；至於墨西哥男性想的則是性。這些未盡完善的證據顯示，許多強迫症病患的大腦迴路，包括前額葉皮質區下方（也就是前額腦區底部）、前扣帶皮質區（抑制多餘的反應）以及皮質下方的結構（尾核部分）出現異常興奮現象，導致產生抽蓄動作。換言之，連結上述三個部位的迴路一旦過於興奮，即表示大腦運作過程受到損傷，無法讓興奮度與抑制度相互平衡。

人人都知道，卻不一定認識的憂鬱症

憂鬱症患者的定義為長期處於悲傷、憂鬱的情緒中，或無法從日常作息中找到一絲快樂的感覺。雖然上述兩種狀況產生原因不盡相同，但大部分患者都曾出現這兩種情形。人的一生中曾感到嚴重憂鬱的人口約有百分之一，女性又多於男性（美國男女的比例約為7：12）。有些憂鬱症患者還會產生其他症狀，如失眠、白天一直昏睡、沒有食慾或活動力。

與焦慮症好發於幼年時期不同，憂鬱症通常是青少年或成年之後才會出現。若幼童出現憂鬱症一定有特殊原因，治療成年人的藥物在幼兒身上作用不大。美國人最常出現憂鬱症的年齡約在30歲，正是衝刺事業與養育小孩的時期。有些憂鬱症只在冬天發作，因為日照變短。這類患者只要每天暴露在藍光中一個小時就能刺激大腦，改善病情。

雖然憂鬱症患者自殺率極低（少於千分之一），女性大多只是產生自殺的念頭，但男性實際行動的比例較高，部分原因在於男性較容易取得槍枝。這種罕見的行為還是與社會階級、種族（高收入非裔美國人的比例，高於低收入戶的非裔美國人）、地區（人口較不密集的區域）、季節（春夏季比例較高）以及星期幾（最常出現在星期一）有關。

心理學家尼迪格（Rudy Nydegger）在其著作《瞭解、面對憂鬱症》（Understanding and Treating Depression）中，描述一名天生擁有憂鬱氣質的61歲老先生的想法：

「我記得最早出現憂鬱的症狀是在小學三年級；老師告訴我，我表現出懶惰與負面態度，因此他決定懲罰我的不良行為⋯當時，我瞭解我與其他小孩有多不同。為了安全，也為了躲避懲罰，我必須隱藏真實的自我，孤獨一人⋯。對我而言，我很不喜歡這種個性、特質，但我只能責怪我的基因⋯。

在我的家族中，憂鬱症十分常見。當我感到憂鬱時，我會失眠、失去動力、絕望、飲食變得很奇怪、自我封閉、產生偏執感，最後會覺得一片黑暗，一無所有⋯。當我感到憂鬱時，全身不由自主的酸痛、腸胃出問題、不重視衛生，以前受傷的傷口會劇烈疼痛……。

在工作上，我是古典樂作曲家，我的心智必須達到最完美的境界。當我憂鬱時，各種症狀讓我無法工作。當我服藥後，我發現自己的心智的確變敏銳了，但創作力卻減弱……。我目前要做的是在憂鬱症變得更嚴重之前服藥，改善病情」。

如同大部分焦慮症患者，**造成憂鬱症的條件包括某種氣質、特殊的童年遭遇、突如其來的事件讓心情瞬間凝結**。許多研究企圖要將基因與生活事件相互連結，並視為是提高憂鬱症罹患率的主因，但都未能成功，因為這種疾病是由各種複雜的生理機能與經驗所致。

舉例來說，青少年與年輕人若都擁有罹患憂鬱症的雙親與祖父母，他們患有社交恐懼症、恐慌症的機率比憂鬱症還高。某些調查顯示，擁有短型基因與悲慘生活的成年人較容易罹患憂鬱症。後來有許多研究無法支持這項主張。換言之，不論是否擁有短型基因，只要生活出現許多逆境就會增加罹患憂鬱症的機率。

如果擁有短型基因的人容易受影響，會誇大各種事件的壓力，如失去摯愛、休學、失業或人際關係受挫等，那麼我們大概可以理解，為什麼早期會有研究報告特別強調對偶基因、悲慘生活與憂鬱症之間的因果關係。相對的，如果擁有長型基因的人遇到類似事件，卻不認為是重大壓力，甚至在問卷中請他們列出過去幾年發生的悲慘事件時，這些狀況也不會列上去。

如果這種假設正確，短型基因、不幸的生活，與罹患憂鬱症的機率或許有某種程度關聯，但實際上應該是個人誇大不幸事件的結果。對偶基因與憂鬱症之間並無直接關聯的另一項原因是，擁有短型基因（負責血清素運送）的人或許遺傳其他能減緩血清素對大腦影響力的基因。

然而，也有可能是因為受到還未發現的對偶基因的影響，而產生嚴重憂鬱症。這種猜測與多巴胺（第4章曾提過）有關。多巴胺是一種對人體十分重要的分子，它能激起熱情，讓人體在幾個月，甚至幾年內持續追求難以達成的目標。多巴胺能活化大腦迴路中最重要的構成要素阿肯伯氏核，讓動物向想要的物體，如食物或水靠近。因此，某種對偶基因能減緩多巴胺的釋放、或減少受體的分布密度是合理的假設。

上述兩種狀況都會降低人體期待好事降臨的希望。一旦這種感覺消失，也就沒有理由以愉悅的心情迎接每一天。這就是憂鬱症的徵兆。人類似乎非常需要某種程度的刺激

（有人稱之為活力）才能產生精力，在不違背倫理道德的前提下達成每天的任務。

依據過往歷史與文化背景不同，個人追求的目標可以是另一半、家族成員、宗教、事業、嗜好、意識型態、財富、名利或權力。追求這些目標的熱情通常在上年紀之後會稍微降低，因為多巴胺分泌減少。這也是為什麼憂鬱症患者接受藥物治療後雖然能暫緩病情，但年紀越長、出現老化疾病或經濟拮据時，症狀可能越嚴重。

家族三—症狀：對藥物上癮、酗酒、沉迷賭博、無法抑制性衝動與侵略性、無法持續專注力

診斷：注意力不足過動症

麥克修提出的第三種家族包括對藥物上癮、酗酒、沉迷賭博、無法抑制性衝動與侵略性以及無法持續專注力，如上課無法專心。這種現象較常在男性身上出現，部分原因在於男性感到焦慮或煩躁時，通常會求助於酒精或藥物。

上述任何一種症狀都是不同生理機制下的產物。例如，古柯鹼、安非他命、海洛因、酒精、香菸或大麻同樣會讓人產生興奮感，但其神經化學機制卻各不相同。此家族大部分剛開始在認知、推理、記憶、語言或意識不會出現嚴重的受損情形，與家族一相

反。

儘管這個家族的病因與症狀差異性很大，許多病患前額葉皮質區都出現受損的情況。前額葉皮質區具有抑制不適當行為的功能。影響前額葉皮質區是否健全的基因或分子，與影響杏仁核和腦島完全不同。後者與感覺有關，因此若受損通常會產生家族二的精神疾病。

在某項研究中，當飢餓的成年人看著和品嚐最愛的食物時，卻被告知必須壓抑對食物的慾望時，大部分實驗對象表示，他們變得比較不餓，而原本被刺激的大腦部位也變得較不活躍。

上述實驗代表19世紀所稱「意志力」的心理過程。當時強調意志力能選擇大腦不同部位，將慾望與行動進行適當連結。大部分的人體絕非是這種生理機制下軟弱無助的受害者。多數的強暴犯、戀童癖與謀殺犯都有能力控制自己殘酷的行為，因此並非毫無過失。

1924年，兩名家庭優渥的年輕人婁伯（Richard Loeb）與里波（Nathan Leopold）為了證明犯罪後還能不被發現，因此殺害一名青少年。當時傑出的精神科醫生懷特

（William Alanson White）與研究犯罪專家格魯克（Bernard Glueck）告訴芝加哥陪審團，這兩個年輕人已經陷入瘋狂狀態，不須為犯罪行為負全部的責任。由於陪審團的睿智，並沒有採納他們的建議，還是判決兩個年輕人必須入監服刑。

有些罹患注意力不足過動症的兒童與成年人，他們大腦的前額葉皮質區受到損害。北美洲與歐洲醫生較常做出這類診斷，大約佔所有兒童的百分之五到十，男孩人數是女孩的三倍。一旦發現兒童：

(1)無法集中注意力於某件事情上。

(2)精力過於充沛。

(3)過於衝動等三種症狀就會被歸類為ＡＤＨＤ。

上述症狀可能單獨出現，每種症狀都是生理機能與生活經驗交互影響下的產物。

過於衝動或精力充沛，可能原因為多巴胺活性受到傷害，至於缺乏注意力則可能是乙醯膽鹼出現失衡狀況，由此可知注意力不足過動症患者的種類有很多。此外，這種症狀的遺傳率並不高，同卵雙胞胎的罹患率只比異卵雙胞胎稍高一點。甚至有證據顯示，造成男性出現ＡＤＨＤ症狀的原因與女性截然不同。

雖然科學家相信，許多ＡＤＨＤ患者為多巴胺功能異常所苦，卻無法對此猜測提供有力的證據，即使治療ＡＤＨＤ的藥物（稱為利他能）主要目的是增加額葉多巴胺的活動力。無法找到有力證據的主因在於，多巴胺在大腦不同部位是受到各種獨立因素影響：神經元控制腦幹多巴胺的分泌量、多巴胺在神經元上的影響位於阿肯伯氏核的外殼、有兩種分子的活化程度會降低突觸上多巴胺的量。

上述三種原因皆由不同的對偶基因控制。換句話說，一個人可能擁有某種對偶基因可控制分子，快速降低大腦突觸上的多巴胺，也可能擁有不同的對偶基因控制另一種分子，緩慢降低多巴胺的活動力。由於這種複雜性，使得科學家無法預測大腦多巴胺的活動程度。然而可以想見的是，未來研究一定會在某些罹患ＡＤＨＤ病患上發現多巴胺異常的活動方式。

規範障礙[68]與暴食症[69]

不聽從命令的兒童，酗酒或藥物濫用的青少年或成年人，自我催吐後暴飲暴食（稱為暴食症）的人，都難以控制這種不適應社會的衝動與慾望。大部分暴食症的人不像厭食症會展現出極端的自我控制，這表示厭食症與暴食症患者雖然都被歸類為「飲食失調」，許多研究人員企圖找出兩者共同的因果條件，但實際上這兩種疾病是由極為不同的氣質差異與生活經驗引起。

歷史的影響力

第三類家族的症狀普遍與否大多受時間影響，也就是每種症狀的定義需視當時的社會價值而定，而這些價值會隨著時代變遷而改變。「世界衛生組織」調查15個國家酗酒與濫用藥物的男女比例發現，18至34歲的男女比例小於65歲以上，主要原因在於時代的改變讓社會大眾較容易接受年輕女性產生上述症狀。

每個社會都有極少數人因為要學習製造啤酒、葡萄酒或烈酒的方法，因此必須經常喝酒，以致於酒精中毒。第5章曾提及，有些人擁有的對偶基因會降低代謝酒精的酵素活動率，如高加索白種人與非洲人，因此酒精中毒的機率高於其他人。然而，大部分古老的社會並不將這種人視為精神病患者。即使是希波克拉底斯或蓋倫也不認為有任何氣質是「酗酒」行為的起因。

劍橋大學教授賀伯特（Felicia Huppert）表示，若某種行為在小型社會越普遍，那麼大型社會的居民越可能將這種不正常的行為視為精神疾病。例如，在32個不同的國家裡，某個特定社區居民的酒精攝取量，與被專業人士判定需要藥物治療的人口之間幾乎擁有相同的關係。

1830年代的美國人視酗酒與賣淫為不道德，而非精神疾病。與當時一樣，這兩種情形大多出現在教育水平不高的族群身上。在過去的175年中，中產階級美國人幾次試圖藉由提倡禁酒運動端正社會酗酒的風氣。這些人相信只要能改變環境，就能達到治療效果。換言之，如果我們能提高中低收入戶小孩的就學率，或許能降低第三類家族精神疾病的發生率，第二類家族也有可能。

歷史、文化條件與道德價值有著密切關係，因此對第三類精神疾病症狀的普及率與評價的影響力遠大於前兩類。這種主張對謀殺案而言更是明顯。許多經濟拮据、沒受過高等教育的母親如果養不起小孩，就會殺死新生兒。

在印度南部，有些母親如果認為自己無法負擔女兒結婚時的嫁妝，就會在女兒出生時先殺了她。在他們的社會，沒有一個母親會被認為有精神疾病，但如果時空背景換到美國，大部分母親大概會被宣判精神失常導致的罪行。

美國人會將把炸彈綁在自己腰上，炸毀洛杉磯購物中心的中產階級會計師，視為精神疾病患者。然而，若是一名受過大學教育的巴基斯坦人同樣在腰際綁上炸藥，炸毀海法某間餐廳，那麼這個人的家鄉一定會大肆慶祝，並將他視為英勇的殉道者，就像11世紀的十字軍戰士在耶路撒冷進行大屠殺殉職一樣。

雖然在莫札特歌劇中的唐璜是個自私、無法控制、冷酷無情的人，卻沒有人認為他罹患精神疾病。19世紀，同性戀者曾被視為是一種罪犯，以及罹患精神疾病的徵兆，後來雖然沒有任何新事證，但「美國精神醫學會」還是宣布將同性戀從精神異常名單中移除。試問同性戀者能藉由某個學會的投票而改變社會地位代表什麼？這表示某種行為是否會被認為是精神異常的徵兆完全取決於社會價值觀。

大部分精神科醫生會將35歲說謊成性、對他人沒有同情心的人歸類為精神病患者。然而，許多在銀行或貸款公司工作的員工，說服貧困家庭借貸他們無法負擔的金額，也是屬於冷酷、不誠實的一群人。在這種情況下，精神科醫生無法將他們視為病患。這種行為在目前的經濟體系下具有正當性。

因此，此種傷害他人的異常行為與家族一的病因截然不同。不管是在遠古時期還是現代，每個社會都同意：無法進行一致性的對話、拿頭撞牆、無法記住一小時前的事或漫無目的在街上閒晃、並說出下流字眼的人一定是精神異常的病患。

家族四—症狀：生活經驗與社會現況造成，與人體生理機能毫無關聯

診斷：焦慮、憂鬱、學業挫敗、物質濫用或反社會行為

麥克修提出的第四類家族與第二、三類病因完全不同，這類精神病主要由生活經驗與社會現況造成，與人體生理機能毫無關聯。最常引起焦慮、憂鬱、學業挫敗、物質濫用或反社會行為的原因包括幼年時期受到虐待、貧困的生活或者是父母疏於稱讚學業上的成就，反而默許小孩侵略與衝動行為。這些症狀在貧窮與少數族群的家庭較為常見。

然而從貧窮或艱困家庭出身的小孩有一項潛在優勢。這種背景出身的人通常能結合天分、堅持與些許運氣，找到理想工作或維持穩定婚姻。由於有童年時期的悲慘生活，因此他們很容易滿足，較能過著快樂的生活。

大腦對於厭惡的事件，如痛苦、失敗或損失，會啟動一群神經元，暫時抑制分泌

多巴胺的區域。還記得意外的驚喜會讓多巴胺急遽升高，產生持續性的愉悅感嗎？相對的，持續性的貧困、忽視、拒絕、失敗或排斥也會讓多巴胺長期降低，產生另一種悲觀、陰鬱的性格，久而久之即使有意外驚喜發生，也難以感到愉悅或興奮。

1968年，一名來自英國紐卡素泰恩河畔的女孩，在沒有任何原因之下謀殺兩名學齡前的男孩。女孩的父親是罪犯，而從事賣淫的母親竟然強迫她在4歲時幫她的顧客進行口交。她在謀殺案發生多年後告訴一名記者，由於她悲慘的童年讓她自認為是個不折不扣的壞人，應該接受懲罰。至於謀殺男孩的原因有二：確認自己的確是壞人，第二則是提供社會一個懲罰她的理由。

不管是兒童、青少年或成年人都會發生短暫的焦慮、恐懼、夢魘或冷淡感，但這不會演變為長期症狀。許多兒童在看完恐怖電影後，會連續幾天做惡夢。有一名學生看完希區考克的電影《鳥》之後，連續幾年對鳥產生恐懼感。在她心目中鳥原本是一種溫馴、美麗的動物，但希區考克讓鳥變得十分可怕，完全顛覆鳥的形象，讓她產生不確定感，形成短暫的恐懼症。不過她現在已經調適的很好，且在知名大學任職。

我也曾經有一年多的時間，對電影中暴力受害者身上的血腥畫面產生恐懼。

1968年4月4日大約傍晚6點，辦完納什維爾飯店的入住手續後，我打開電視，得知金恩博士遇刺身亡。由於還沒吃晚餐，以及這消息帶來的震驚、憤怒與悲傷，身心處於一個極為奇特的狀態，因此我決定離開房間，外出散步。

一個小時後，我發現自己到達納什維爾小鎮，望著戶外大螢幕上《我倆沒有明天》的電影預告。我的學生曾推薦這部電影，再加上我極需分散注意力，因此便走進電影院。當時電影正演到兩位主角陷在車子裡，與警察發生激烈槍戰。當鮮血濺到他們臉上，我幾乎快要昏厥。

我起身走到大廳，由於血壓過低，我暈倒在地板上幾分鐘。恢復意識後，我回到飯店。當時我以為這個經驗純粹是旅途勞累，加上金恩博士被謀殺的結果，殊不知已經對電影與電視上的血腥場面產生典型的條件式昏厥反應。

從此，我避開所有類似的電影，直到條件式昏厥反應自然而然的消失，這段時間大約維持了18個月。如果沒對金恩博士的刺殺事件感到沮喪，或許不會發生這種恐懼症。如果我自己或他人不是因暴力而流血，我也不會出現昏厥現象。

我沒有求助於精神科醫生，因為我瞭解症狀發生的原因，這種情況也不會妨礙日常作息或情緒。若當時我真的去看醫生，我應該會被歸類為血液恐懼症患者，成為統計數字上「精神疾病」的一員。

在每個國家有成千上萬個類似案例。較年長的人都知道如果晚餐後喝咖啡可能就會失眠，因此他們會以花草茶代替。重點是這些人並沒有被歸類為「咖啡恐懼症」患者。有些人從高樓或懸崖往下看會產生不適感，一旦我們瞭解這些人的心理根據，再加上這種情況僅限於某種特殊場合，不會影響他們平日作息，就會將這些人從心理疾病的清單上刪除。

以儀器測量大腦或許能區別第二與第四家族憂鬱症的不同。現代藥物對於右腦前額葉活動旺盛的憂鬱症患者無多大助益，但左腦前額葉活動旺盛的患者則相反。在上述患者中，有些是屬於第二家族，而有些屬於第四家族。

凱斯（Loretta Cass）與湯瑪士（Carolyn Thomas）從1950年代開始進行一項重要的長期研究，探討精神疾病在兒童身上產生的結果。約有兩百名住在聖路易斯勞工階級的母親對小孩（6歲至15歲）的行為感到困擾，因而求助於專業醫生。這些小孩中，男生人數是女生的三倍，其中有三分之二不但中途輟學，並且極度不服從管教。只有五分之一具有異常害羞與恐懼的特質。

6至15年後，有些小孩已經步入30歲，精神科醫生與心理學家再度與他們面談。訪談結果讓凱斯與湯瑪士十分驚訝，但對於精神科醫師與心理學家則不然。大部分小孩已經調整自己的行為以符合社會期待，這代表著所有小孩都盡力讓自己變得更健康。

在這之中仍有百分之十九的小孩會出現嚴重的心理異常。這些小孩以前屬於最不穩定的嬰兒、最容易衝動的幼童（氣質），父母的教育程度不高、收入低（社會階級），在家中排行第二或更小。由此可知，**氣質、社會階級以及在家中的排行會讓早期症狀產生持續的現象。**

「模式」才是關鍵點

再次強調，焦慮或憂鬱症的經常性發作，可能是麥克修四大家族中的任一種，也可能是各種不同的基因、氣質、文化背景與生活經驗的產物。舉例來說，歸類為家族一的躁鬱症患者，家族二中焦慮的青少年，來自於家族三的毒癮病患，以及第四類家族中貧窮、失業的西班牙裔母親，都有可能產生憂鬱的感覺，或者憂鬱與焦慮感相互參雜。

因此，我們無法從這些感覺辯識出精神疾病的類型。換言之，這些單一的情緒狀態並非精神疾病特徵的要素，就像某些事物外表的顏色一樣，如花椰菜、馬、玫瑰或柵欄都是白色，但實際上卻是不同的物體。

過去25年兒童精神異常病例急遽上升，部分原因在於父母越來越重視小孩的課業表現，一旦小孩被認為是弱智、無可救藥或沒有動力，父母就會盡力去取得不是隨手可得的特殊資源。已開發國家的經濟體系要求每個兒童至少得完成高中學業，擁有某種程度的語言與數學能力。如果他們往後想找到一份穩定的工作，也可以繼續接受大學教育。相反的，無法達到上述標準的兒童就是焦慮症、憂鬱症、犯罪、酗酒或吸毒的高危險群。18世紀時，大學文憑並非是獲致成功的主要條件，富蘭克林甚至沒接受過三年正規教育的洗禮。

由於過去50年的歷史背景，如某些人可能會提出異常的價值系統或習慣，但只要不傷害其他人，每個人就得忍受，導致現代北美洲與歐洲的年輕人都曾出現短暫的焦慮或冷漠感。換言之，年輕人無法將熱情貢獻至這種不合情理的意識型態。除了盡情歡樂、獲得好成績、結交更多朋友以及取得較高的社會地位，這些年輕人似乎沒有反抗的動機。

生長在中產階級家庭，從沒有吃過苦的年輕人，知道許多國家的人收入並不高，有些國家如蘇丹達佛、剛果、盧安達的居民甚至大多住在難民營，他們心中不免會產生罪惡感。諸多原因綜合起來造成年輕人自殺、自殘或吸毒的案例大幅攀升。

有些生長在保守宗教家庭的美國青少年，認為無神論者與同性戀是不道德的，一旦他們與思想較為自由開放的同儕互動後，就會開始質疑以往的價值觀。如果法院堅持無神論者與同性戀應該獲得與他人同等的尊重，這些青少年可能會質疑正直與忠誠的必要性。由於現實狀況挑戰他們以往的道德觀，讓這些人對於品德產生更強烈的不確定感。

美國的倫理道德要求個人必須有寬容與平等的美德。換言之，不管個人的價值觀或行為如何，他們都應獲得相同的尊重，而這種想法讓美國人認為，精神疾病主要原因在於某種特殊的生理機能。這種不合時宜的道德觀，讓多數人認為父母要為孩子不理想的課業表現或具侵略性的行為負責，且很容易陷入基因是否為主要肇因的爭辯。但基因的爭論讓我們不會再將課業表現差歸咎到孩子與父母身上。本世紀被貼上精神異常標籤的人，其實有點像15世紀時被認為是女巫的人。

所謂有得必有失。美國人人平等的風氣造就了良善的社會風氣，當然也付出些微代價。現在可以利用科技偵測基因，再加上媒體大肆宣傳「生物決定論」後，讓許多美國人與歐洲人認為，基因與氣質為決定精神異常最關鍵的主因，即使目前還未有任何科學家發現在不考慮個人的性別、社會階層、種族、文化背景與生活經驗下，基因或基因群與注意力不集中、過動、侵略性行為、學業表現不理想、長期不服管教、憂鬱或焦慮具有一致性關聯。

58：幻覺（hallucinations）。沒有任何外部刺激下，人體產生一些逼真的感受，如聲音、影像、味道或觸覺。幻覺是精神分裂症患者最常出現的症狀。

59：注意力不足過動症（attention-deficit／hyperactivity disorder，簡稱ＡＤＨＤ）。一種精神疾病，症狀為好動、無法集中注意力，導致個人無法達到課業上的要求。這種精神疾病最常發生於7、8歲兒童身上，影響比例約為百分之三至百分之五。

60：《精神病診斷與統計手冊》（Diagnostic and Statistic Manual of Mental Disorder，簡稱

DSM）。精神科醫生在判斷病患疾病種類時所依據的指導方針。

61：多重人格障礙（multiple personality disorder／dissociative identity disorder）。個體擁有各種不同性格的狀態，但某些精神科醫生會對診斷結果的正當性產生質疑。

62：創傷後壓力症候群（post-traumatic stress disorder，簡稱PTSD）。遭逢巨變，如目睹某人死亡，遭受性命威脅或強暴事件後所產生的焦慮感。

63：強迫症（obsessive-compulsive disorder，簡稱OCD）。一種精神異常，主要特徵為侵入性思想，重覆性的強迫行為或綜合以上兩種症狀。例如，不停洗手、囤積迴紋針、過度沉迷於性、宗教或一些侵略性思想。

64：厭食症（anorexia nervous）。一種飲食失調。個體嚴禁自己進食，最常發生在青少女身上。

65：前扣帶皮質區（anterior cingulate cortex，簡稱ACC）。接近前額葉的扣帶皮質區。與個體自律功能、認知功能以及調節情緒有關。

66：恐懼症（phobic disorder）。莫名的恐懼，有意識的避開所恐懼的物體。最常見的三種恐懼症為社交恐懼症、動物或高度恐懼症以及曠野恐慌症。

67：腦島（insula）。位於顳葉與頂葉之間的大腦結構，和身體活動與情緒知覺有關。

68：規範障礙（conduct disorder）。在孩童或青少年身上出現的反社會行為，主要特徵為出現言語或身體的侵略，通常是對他人產生殘酷行為、逃學、以及犯罪行為，如破壞公物或偷竊。

69：暴食症（bulimia）。一種飲食失調。個體不斷出現狂吃再催吐、吃瀉藥的情形。

7 WHAT HAVE WE LEARNED?

「天生氣質」必有用

現在開始流行懂氣質

每個人天生都有獨特的生物特徵與氣質。同卵雙胞胎雖然在受精那一刻的基因完全相同，但母親懷孕期間的偶發事件通常只會發生在其中一個受精卵，也因此9個月之後，雙胞胎並非所有特徵都相同。

來自兩個不同家庭的個體擁有八對相同基因的比例小於千兆分之八，也就是說，這種巧合幾乎不可能發生。更重要的事實是，許多行為看起來是由氣質差異所造成，如易怒、微笑或坐立不安，但實際上造成的原因不只一種。可以採納麥克修的分類方式，將有共同重要特點的大項再細分許多小項目。

天生氣質再回顧

將人類各種氣質項目分類的方式必須符合下列三項條件：

(1)這種氣質主要是由大腦化學物質，還是大腦結構某些特徵引起？
(2)這種氣質是因為遺傳性的對偶基因，還是懷孕期間或出生後的狀況所引發？
(3)氣質的生物基礎，主要影響的是大腦主掌感覺興奮度的邊緣系統，還是管理衝動行為的前額葉？

	神經化學		神經結構	
	遺傳	後天	遺傳	後天
刺激情緒	1	2	3	4
控制衝動	5	6	7	8

—表1—

我們可以將每種特性再分為兩個細項，也就是氣質是受到「神經化學物質」還是「神經結構」所影響？是「遺傳」還是「後天」？可影響情緒興奮度還是衝動行為？（如表1）就可將氣質劃分為八個項目。

在第2章描述過的「抑制型反應」與「非抑制型反應」嬰兒應該屬於空格1（神經化學起源、遺傳以及影響情緒興奮度）。瑪莉（Mary Rothbart）所稱的能自我調節的氣質屬於空格5（神經化學、遺傳以及衝動行為的控制有關）。某些被診斷出有ADHD或規範障礙的兒童同樣屬於空格5，但有些則屬於空格6、7或8。

當然，有些被診斷為社交焦慮或ADHD的人，卻沒有任何特殊的生理特徵，所以無法被歸類至上述八個類別。我們必須在自然的情況下藉由生理證據、測試結果與行為觀察等方式，描述出八個空格的氣質特性。一旦完成這個表格，藥廠或許會發展出治療某種氣質的憂鬱症或焦慮症的藥。也或許心理治療師會將某種症狀的氣質或經驗考慮進去。

目前遭遇最嚴重的挫敗是，我們無法偵測不同性格成年人的氣質種類，因為不知道何種基因或分子造成他們現在的樣子。現階段成年人所擁有的氣質有如一滴黑色墨水溶解在甘油中，一下子就不見了。

此外，我們也無法得知某個空格中個人行為或情緒反應的範圍，以及社會階層、基因、種族或生活經驗對他們的影響程度。至少在可預見的未來，專家無法十分確定的告知父母，他們剛出生的小孩是否遺傳某種罕見氣質。

當某種遺傳性精神疾病十分罕見時（假設發生機率少於千分之一），會讓目前的生物檢測出現許多錯誤。舉例來說，如果美國２００9年每4百萬名新生兒中有一名罹患50種罕見疾病（由已知的基因傳導），以上述結果而言，應該有１２００名新生兒患病，但實際上只有18名嬰兒出現症狀，測試結果百分之九十八會出現錯誤。

社會階層的藩籬與虐待差不多？

再次重覆第3章提過的觀點。**不管是哪一種氣質，社會階層對兒童的影響力是長久且全面性的**。每個社會的成員擁有不同的權力、地位、財富與特權。自認為處於中下階層的人較容易產生焦慮、嫉妒、憤怒、自我懷疑，以及混合多種感覺的複雜情緒。

傑出的哈佛哲學家諾齊克（Robert Nozick）來自貧窮的猶太移民家族，他常質疑自己是否有能力思考更深奧的研究主題，他曾寫到：「對於猶太小鎮卻特爾的移民，一個來自於布魯克林區小鎮的無名小卒，要談論歷史上重要思想家的主題不是顯得很可笑嗎？」但另一位來自於富裕家庭的哲學家羅素（Bertrand Russell）則從未有過這種質疑。

麥克修提出的第二、三、四類家族中的精神疾病（主因為嚴重的大腦異常、擁有容易產生焦慮、或憂鬱的氣質、或影像行為控制偏差），在經濟狀況不佳的家庭中較為常見，如果這些家庭處於平均收入較高的城市或地區，情形將更惡化。

社會階層對兒童的影響力與虐待相差無幾。換言之，幼年曾遭受虐待或忽視的兒童產生憂鬱症的風險最高，但來自於弱勢家庭的兒童，即使沒受到虐待或忽視，罹患憂鬱症的風險與前者差不多（21％ vs. 25％）。

上述事實並非表示虐待兒童的事件不重要，而是與社會階層相關的生活經驗，與認同感對成年人情緒有著強大的影響力。此外，精神疾病治療後的恢復情形也受社會階層影響。藥物與心理治療較能幫助中產階級以上的焦慮症患者，而非中低收入戶患者。

因犯罪被逮捕、或被診斷為學習障礙的年輕人，大多來自中低階層的家庭，他們居住地龍蛇雜處且學校素質良莠不齊。對於這些青少年只予以藥物治療，而非花大筆經費改善學校、社區素質或聘請輔導人員為這些學生解惑。想想，若某個大城市居民出現上吐下瀉的現象，衛生單位必定會清理給水系統，而不是只給他們藥物治療。

令人驚訝的是，即使自己沒有察覺，人的聲音也會隨著交談對象的地位高低而出現變化。兩名研究人員分析，當紅電視主持人賴瑞金（Larry King）與25名不同對象的訪談內容發現，當來賓的地位越高，如前美國總統柯林頓，賴瑞金會使用與來賓相近的聲調、節奏與音量。相反的，當來賓地位稍低，如前美國副總統奎爾（Dan Quayle），反而是來賓的聲調會配合賴瑞金。

某個階層類別會創造自己的界線，限制成員行為、想法與情緒反應，就像牧場主人使用柵欄將牛群圍住。雖然我們知道交響樂團中一定有幾位出眾的音樂家，大學校園中一定有傑出的物理學家，但來自貧窮家庭的青少年，都不認為自己會成為那位專業的大提琴家或天體物理學家。相對的，在經濟上不餘匱乏的青少年則不認為自己會成為拳擊手或足球員。

散布在加拉巴哥群島的14種不同類型雀鳥提供了最佳範例。這14種雀鳥除了遺傳的顏色、體型、嘴形毫不相同，公鳥叫聲也不同，而影響交配對象。然而這些雀鳥的微小差異並非天生，而是在發育過程中學習而來。

相同的，人類生長在不同的社會階層，因此生活經驗與學校教育，也會影響到未來職業與配偶的選擇。幸好人類之間優勢與劣勢的藩籬，比雀鳥的生態界線更容易跨越。

試想自己的性格如果生在中世紀……

歷史與文化背景，同樣會造成擁有特殊氣質的人，產生不同的心理狀態。歷史改變讓科技、公立教育與經濟出現重大變革，並形成特殊的信仰、價值觀與情感，這在埃及人蓋金字塔時代絕不可能發生。某些居住在洛杉磯的伊拉克移民所感受到的疏離感，與16世紀馬雅人為了祈雨，看著年輕處女被丟進深不見底的水井的冷漠感，都只在某個特定時代與文化背景才會發生的場景。

《紐約客》雜誌上的諷刺漫畫透露著1929年到現代中產階級的內心掙扎。1929年至1955年諷刺的對象是無所事事的有錢人、長春藤名校畢業生、誘惑年輕女孩的老男人。1955年至今諷刺的事情變成女性的私慾、對工作的厭倦、對高等教育的質疑以及現代生活的無聊與空虛。

一則1992年的漫畫描述一群西裝筆挺的年輕男性被關在柵欄裡，柵欄外有一名男性表示，「再過6個星期，這群企業管理科系的畢業生將成為市場上的待宰羔羊。」

另一則是描繪一名女性將三個回收盒放在走道後進入屋內。有兩個盒子裝的是紙張與瓶罐，另一個盒子裝的則是男人。

19世紀的日記作者愛麗絲詹姆士與小說家奇佛（John Cheever）大概都遺傳容易產生憂鬱感的氣質。然而生長年代不同，對自己憂鬱傾向也有不同的解讀。奇佛生於1912年，受到佛洛伊德理論影響，認為幼年的家庭生活是他出現憂鬱症的主要原因。愛麗絲詹姆士生於1848年（佛洛伊德出生前8年），她認為憂鬱的情緒與遺傳有關，因此一點也不責怪父母對她的所作所為。

若某位女性與愛麗絲相同擁有憂鬱的氣質，但分別生長在：

(1)十七世紀新英格蘭清教徒小鎮。
(2)中古世紀法國小村莊。
(3)現代的芝加哥。

那麼長大後的性格絕對不相同。

20年前我曾經參加一場在華盛頓特區舉行的科學研討會，在主講「氣質」主題的那天早上，一位年長的生物學家問我是否能與他共進午餐。我們離開會場後發現一家小餐館，他告訴我，演講主題讓他更瞭解自己強烈的焦慮感。他曾經是個極為害羞的小男孩，長大後也不善與人交際。當他要在觀眾面前演講時，會出現極度焦慮的情形。

就像奇佛一樣，他總是認為自己情緒不穩定，與父母個性以及教養方式有關。我提出的理論讓他認清之前想法並非完全正確，他也漸漸接受也許他天生擁有某種特殊氣質，如抑制型反應。由於對情緒的重新詮釋，這位生物學家對家人不再那麼憤怒，他也接受自己在大眾面前演講時那種不確定性的情緒。

歷史事件會讓某些擁有特殊氣質的人更容易（或更難）適應社會。經過8千年的變遷，不管是擁有抑制型反應還是非抑制型反應氣質的人，都得適應以下變化：

(1)個人不再仰賴家庭或社會團體，而是強調個體滿足感。
(2)與陌生人互動的需求增加。
(3)與同儕競爭的機會增加。
(4)強調冒險的優勢，而非一味的規避風險。

這些狀況讓抑制型反應者越來越難適應社會；相對的，對非抑制型反應者卻是一大利多。

也許這是為什麼在高加索白人社會中，非抑制型反應嬰兒是抑制型反應嬰兒的兩倍。居住於加拉巴哥群島的雀鳥種類近來也產生變化。由於氣候變遷孕育出較大的種子，因此擁有較大鳥嘴的雀鳥數量不斷增加，而擁有小嘴巴的雀鳥數量則持續減低。

由於媒體大肆渲染基因對焦慮與憂鬱情緒的影響，導致那些擁有抑制型反應氣質的人在背叛朋友或擔憂自己膽怯表現時，反而減低了他們的內疚感。

與幾世紀以前同樣擁有非抑制型反應氣質的人相比，相同的歷史變遷讓這些人較麻木不仁、自私、具侵略性。這種變化是平衡的；抑制型反應者不再需要為自己長期的神經緊張負責，而非抑制型反應者則變得較不安全。無論是何種氣質，重點在於他們已經能擁有較佳的適應性。

性別

再次強調氣質如何讓個人形塑自己對性別的認知。現代編劇十分認同古希臘劇作家的觀點，女性在戰爭中通常扮演和平的角色。這種印象深深烙印在多數女性的潛意識中，因此她們很難表現出極度暴力或殘酷。在希特勒時代的德國、史達林時代的蘇聯、盧安達的小村莊、波士尼亞、斯里蘭卡以及蘇丹，都是由男性擔任屠殺者。

多數美國人看見女性虐待伊拉克戰俘的照片一定深感震驚，但同樣事情若發生在男性士兵身上，吃驚的程度則會大為降低。男性犯下大量的屠殺或謀殺事件的原因不完全是男性荷爾蒙，某部分是男性認為自己需要展現某種自由，而產生的潛意識行為。莎士比亞讓馬克白夫人表現出某程度的「男性化」，因此她才能參與國王的謀殺案。

第4章提過許多幼童與成年人將女性與自然概念連結在一起。也因此，隨著社會對大自然看法不同，如嚴酷或和善、可預測或無法控制的、美麗或危險，看待女性的觀點也不同。如果大眾認為不穩定與大自然劃上等號，女性就會被視為擁有善變的特質。如果大自然給予人理性的印象，那麼女性就搖身變成有計畫的人。

大部分現代的美國與歐洲人認為應該遵循達爾文理論，所有人類最重視的是生存與福利。現代生物學家形容女性在選擇伴侶或分居時是自私的。《紐約客》上一則諷刺漫畫描繪一對中年伴侶正在聆聽律師宣讀文件：「你的太太能得到房子、車子、狗、退休帳戶以及每個月美金一萬元的贍養費。為了報答你，她承認你是存在的。」

各種生理機制與文化相互影響的結果，讓男性與女性在意識型態上產生些微差異。少部分希望能變性為女性的男性擁有一種順從個性，與男子氣概的特徵如挑戰與性行為形成強烈對比。這種跡象顯示（還未經證實），兩性與愛人、家庭成員或朋友互動時的心理狀態有些不同。

兩名普林斯頓大學研究人員詢問來自社會各階層的男女，關於性動機與性滿足的問題。多數女性認為讓伴侶愉悅是最重要的動機。大部分男性表示他們的性滿足來自於自己的性能力。這表是多數女性期望其他人需要她們的愛與協助，並要對她們提供的資源表示感激。大部分男性則想讓他人順從，並承認他們的能力。

大概沒有幾位男性詩人能寫出像艾蜜莉狄金生的詩句：

My river runs to thee:
Blue sea, wilt welcome me ?
...
Say, sea,

Take me！

（我是一條朝你奔流而去的小溪：
藍色的大海，你願意接納我嗎？
：
告訴我，大海
說你願意帶我走！）

相對的，13世紀的女性詩人也不可能寫出像魯米（Rumi）這樣的詩句：

Think that you’re gliding not from the face of a cliff
like an eagle. Think you’re walking
like a tiger walks by himself in the forest.

（想著你像隻老鷹在天空遨翔，而非懸崖邊
想著你像隻老虎在叢林裡獨自的走著）

憑著意志力，能改變什麼？

我們的研究指出，不管是「抑制型」或「非抑制型反應」，長大後都很滿容易改變他們在他人面前的樣子，這就是榮格所稱的「人格面具」（persona）。

然而，抑制型反應者發現，要控制自己不受突發事件影響十分困難。大部分心理治療能夠協助害怕坐飛機的病人坐上飛機直到飛行結束，卻無法防止飛機起飛前的緊張感覺。要改變自由意志控制的行為很容易，但要改變不由自主產生的情緒卻十分困難。

人類可以學著接近害怕的物體或區域，較無法變換自己的感覺。這也是為什麼恐懼症是最容易治療的症狀。

電影《天生冤家》中的奧斯卡，也許能說服菲利克斯控制自己不停想要打掃公寓的慾望，但在面臨強烈暴風雪侵襲的前夕，他沒辦法阻止菲利克斯產生憂心的念頭。《紐約客》一則諷刺漫畫描繪一名沮喪的男子坐在窗邊，窗台上有隻知更鳥告訴這名不幸的男子，「幸福並不會從天而降。」（知更鳥被認為是幸福的象徵）

每種哺乳動物中都有勇敢與膽怯者。舉例來說，大膽的孔雀魚會接近陌生、大型的肉食性魚類，而膽小的孔雀魚則會遠離這類魚類。雖然擁有勇敢氣質的魚被吃掉的機率較高，但母孔雀魚卻喜歡與大膽的公魚交配。換言之，內向的人失去遇見新事物與拜訪新地點的樂趣，但壽命比外向的人還要多出幾年。

當國家利益與社會道德觀發生衝突時，有魄力的政治領袖必須抑制罪惡感，以國家利益為優先，通常只有少數氣質的人才能做到。當記者問前法國總理皮耶・孟德士弗朗斯（Pierre Mendes-France），成為一名傑出的政治家需要哪些特質時，他回答（當時他可能想的是美國的羅斯福總統），「絕對不能過於感情用事。」

喬埃斯的著作《一位年輕藝術家的畫像》（Portrait of the Artist as a Young Man）中的英雄史蒂芬，不願為了取悅母親而參加復活節彌撒，因為這麼做不但違反他在宗教方面秉持的不可知理論，也會有罪惡感，更不可能成為偉大的總統或首相。

從罪惡感看氣質

當人違反自己或社會的道德觀，會產生不同程度的焦慮、害羞或內疚感，主要原因在於每個人擁有的氣質不同。雖然社會化會限制小孩的反社會行為，但氣質對人還是有一定的影響力。

傑出的神經科學家達馬修（Antonio Damasio）曾研究過情緒。他描述一個男人因手術切除大腦腹內側前額葉皮質區。雖然他在手術前十分聰明、優秀，手術後智力也毫無改變，但他突然會產生衝動決策。其中一項原因在於這個部分的大腦負責接收杏仁核訊息，比藉由骨髓神經元傳播的心、肺、腸與肌肉等器官訊息還要早幾毫秒。

當我們將龐大資金投入股票市場，或為了工作搬離朋友或家人時會產生微妙的感覺，而沒有腹內側前額葉皮質區的人無法體會這種微小差異。第2章提過，18歲的抑制型反應者，在犯錯後會感到異常不確定感，因為他們右腦腹內側皮質層較非抑制型反應者還要厚。

圖7. 本圖標示出痛苦與獎賞所啟動的迴路中相關的大腦構造。

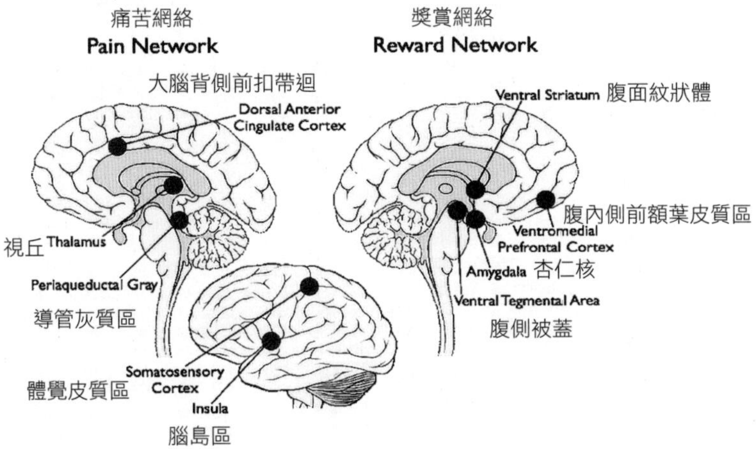

嬰兒感到疼痛或嘗到苦味會引起不同程度的不舒適感，相同的，如果他們受到大人的愛撫或嘗到甜味，也會產生強度不同的愉悅感。嬰兒出現不同程度的痛苦或愉悅感，其感官所體驗的差異可能會持續到成人之後，就像完成一件困難任務所產生強烈的驕傲、或犯錯後的罪惡感。

這項推測的基礎在於當身體產生疼痛與被拒絕、或遺失財務時，大腦某些部位同樣會產生活化現象。相同的，當我們突然嘗到甜食與受到稱讚時，大腦出現活化現象的區域是相同的，特別是大腦的腹側被蓋[70]（多巴胺的主要來源）、阿肯伯氏核以及杏仁核（詳見圖7）。

如果這項大膽推測受到證實，那麼容易將被尿布、別針刺到，或嘗到苦味的不舒適感放大的嬰兒到了青少年時期若違反道德規範，將會產生強烈的罪惡感。如果小時候在遊戲時容易大笑或興奮的嬰兒，長大後若收到期盼已久的禮物時，愉悅感持續的時間也較久。

抑制型反應青少年通常會認為某些行為不是百分之百正確，就是完全錯誤，遵循這種規則能避免自己被罪惡感腐蝕。非抑制型反應者則會避免這種非黑即白的判斷方式，他們會讓自己的倫理價值符合當地條件。他們可能會對老師撒謊，但對朋友不會。

有一位非抑制型反應青少年曾對訪談者表示，某間私立學校接受他申請入學，但他忘記請父母在給校長的信件上簽名，最後他決定不去那間學校就讀。我無法想像抑制型反應者若發生類似狀況會怎樣，可以預期的是如果他們偽造父母的簽名必定會產生極度不舒服的感覺。

一位女性測試員拿出自己的彩色照片，對著抑制型反應與非抑制型反應的 4 歲幼童說，「這是我最喜歡的照片。請將這張照片撕掉。」大部分抑制型反應兒童變得很緊張，看著他們的母親，也不敢不遵從大人的指令，因此在照片角落撕了一小角。

反觀非抑制型反應者，他們聽到指令後立即將照片撕成兩半，並像往常一樣開懷大笑。他們認為在這種情況下，撕照片的行為是正當的。其中有一位特別大膽的男童將照片還給測試人員並說，「不。這是你最喜歡的照片，我不要這麼做。」沒有任何抑制型反應者有勇氣拒絕測試人員的要求。當這名男孩15歲時，他告訴訪談人員他想進入政界，希望有一天能競選美國總統。我認為前總統柯林頓在青春期也有相同野心，並且確信他小時候一定是非抑制型反應者。

榮格童年發生的事件正可說明氣質強大的影響力。當人面臨違反道德規範的危機時，會產生一股強烈的情緒。榮格回想起在某個天氣晴朗的午後，他從學校返家途中看見教堂屋頂上出現美的令人窒息的光影。當他沉醉於這幅美麗景象，並想到這是上帝的傑作時，他突然無法動彈，強烈要求自己停止想像，「不要再繼續想下去。恐怖的事情即將發生。我不能再想，我沒有勇氣繼續靠近。」榮格害怕自己會產生邪惡的思想，侵犯到上帝。

抑制型反應者違反道德信仰時會產生較強烈的罪惡感，因為他們的杏仁核會活化交感神經系統，引起身體某些知覺作用，也就是所謂的罪惡感。我們要求11歲抑制型反應與非抑制型反應幼童，分別列出20項符合他們性格的描述。其中有一個句子是「如果爸爸或媽媽說我做錯事，我會覺得很糟。」

抑制型反應與非抑制型反應者對這項描述的排名其實相差無幾，但認同這項特質的抑制型反應者，杏仁核似乎較非抑制型反應者容易受到刺激。這意味著抑制型反應者面臨兩種不同的信念或觀念，與行動不一致的情況時，較容易出現強烈情緒。

非抑制型反應者也許瞭解這種不一致性，比較不會產生困擾。重點在於人是否能不費力的使自己的觀念與行動符合當時環境的需求。違反道德規範會產生強烈罪惡感的人，會盡力想出各種方法降低這種具腐蝕性的感覺。

經常吵架的夫妻中，可能其中一人為抑制型反應者，一旦違反自己的道德規範便會產生強烈的罪惡感。如果這些人意識到自己沒有滿足對方的期望，如性慾、對孩子的影響、高收入、特殊成就或從事對方喜愛的娛樂活動，就會產生與罪惡感類似的情緒。即使對方沒有任何期望，產生罪惡感的一方還是無法成為十分滿意的配偶，因此他們常會以不友善、吹毛求疵或吃力的要求挑釁對方，引起對方不滿，藉此減低自己的不舒適感。

在《追風箏的孩子》一書中，小男孩阿米爾一直為無法拯救忠僕哈山逃出惡霸的攻擊而深感內疚，因此他常毫無理由的向哈山丟擲石榴，想要挑起對方的憤怒。有首膾炙人口的歌曲〈你總是傷害最愛的人〉，最能深刻描繪出這種意境。

另一種類似情形是，小孩無法達到父母課業要求而感到內疚時，會變成頂嘴與叛逆。他們希望受到父母嚴重的懲罰，因此認為父母是不合理的，而將成績不及格與叛逆行為合理化，藉此減輕他們的罪惡感。

在創世紀寫出〈知識之樹〉（Tree of Knowledge）寓言的作者特別真知灼見，他讓上帝告訴亞當與夏娃偷吃蘋果的懲罰是，他們必須永遠分辨善惡對錯，但動物卻不必擁有這種能力。

約有四分之一非抑制型反應男童擁有特殊氣質。他們不知恐懼為何物，左前額葉的活化較右邊旺盛；此外他們的心跳特別慢、血壓特別低。這些男孩如果能在雙親愛的呵護下長大，並鼓勵他們達成某些成就，控制侵略行為，他們一定能成為傑出的領導者。相對的，如果父母長期以冷漠、疏忽對待，並生長在充滿罪犯的區域，那麼他們極有可能在青少年時期犯下罪行。

若以非抑制型反應、心跳、血壓極低的10歲男孩與抑制型反應、心跳與血壓較高的同年齡男童相比，前者成年後大多還是會從事犯罪行為，後者在青少年後期就會摒除反社會的習性。極少部分（可能低於百分之五）的罪犯會年復一年不斷從事暴力行為，這些人大多擁有十分罕見的氣質。有一群3歲、5歲的幼童參加紐西蘭一項縱向研究。這些小孩無法控制自己反社會、衝動行為，長大後犯下一起或多起暴力行為的機率很高。

天生氣質還有新方向

持續研究氣質的好處在於會有許多新發現，迫使科學家揚棄走入死巷的老問題，轉換方向研究新問題。人類學家鮑亞士（Franz Boas）一個世紀前提出，「擠在紐約貧民窟的歐洲移民兒童頭圍不像他們父母那麼小」之後，許多科學家放棄當時最普遍的假設：移民基因被污染，而開始研究環境對結構特徵有何影響。

此外，科學家發現引起子宮頸癌的病毒，也可能會讓50歲以下罹患口腔癌、舌癌、喉癌的機率提高，原因可能在於現代人頻繁的口交行為。上述發現也讓大眾對抽煙的撻伐轉而重視這種性交方式的潛在危機。

對氣質有興趣的研究人員還有許多問題有待解決。首先，他們必須辨識位於杏仁核上負責氣質的顯性徵兆，如舞動手臂、哭泣、後背弓起，以及杏仁核附近如何啟動神經元以回應上述的各種行動。這兩種神經元群受到不同分子、受體與基因影響。

這意味著某些幼童可能受到一次驚嚇後開始害怕大型狗，後來幾次若遇見大狗能安全度過，這種恐懼感可能就會消失；其他幼童則是在幾次可怕的經驗後產生恐懼症，此後他們很難壓抑害怕的感覺，即使後來從未被大狗攻擊，看到狗還是會儘速躲開。

因為前額葉皮質區會控制負責感覺的神經元區域，我們自然會假設那些擁有現異常恐懼感、報復或性慾的人，應該也知道如何減緩這些感覺的強度

表徵遺傳學[71]

近年來各種環境改變，如長期飢荒，是科學家亟欲解決的問題。在不改變組成基因四種核甘酸的序列下，這些外在環境因素能增加或刪除基因某些基本要素，影響基因的

表現程度。

舉例來說，這種作用就像在英文字母「e」加上重音標示，成為「cliché」。同卵雙胞胎一出生就被分開，由不同家庭撫養，長大後擁有不同基因表現模式，其原因就是在基因上加入或刪除某些分子。基因活動的改變，就像是木工與銀行辦事員手掌皮膚厚度不同。雖然外在環境造成基因的改變是有機會被還原，但有少部分會被遺傳到下一代，稱為「表徵遺傳」。這些現象將刺激研究人員持續研究基因影響的範圍，以及是否有具體經驗能改變或還原核甘酸。

尋「點」連成「線」

研究人員清楚知道人的不同在於特徵的模式，而非單一特點。嬰兒時期曾被歸類為非抑制型反應的青少年可能混和許多特徵，如擅長人際關係、不大會焦慮、心跳較慢、左前額葉皮質層活動比右邊旺盛。換句話說，若只有上述某一項特點的人，並不能被歸類為非抑制型反應者。

然而，某些研究人員在判斷個人是否容易焦慮時，還是會採用單一特點法。舉例來說，許多研究員認為在觀看不舒服的圖片（負傷的士兵或毒蛇）時，如果對突然的聲響會不停眨眼就表示容易焦慮。但每種行為反應與大腦狀態存在至少一種因果條件。如果正在思考某件事，而非焦慮，對於突如其來的聲響也會猛眨眼睛。換言之，當他看著毒蛇的圖片或許在思考動物習性時，也有可能被巨大聲響嚇得不停眨眼。基本上，生物學家在將某種動物歸類時，通常會使用動物的特徵模式，而非單一特點。

大腦與心智的鴻溝

科學家明白用儀器測量的大腦狀態，與人體實際的思想、感覺或慾望，是有一段極大的差距。過去以「大腦狀態」預測「人體心理狀態或行為」的方法已不適用，其原因如下。

首先，大腦是一種受到許多化學分子影響的結構體，這些分子間相互產生複雜的刺激或抑制。試想，促使準備靠近或遠離某項事物的神經元，位於大腦某部位，而這個部位的活動受到的影響是：

(1)受到前額葉皮質區、杏仁核與腦幹上的神經元影響。
(2)受到至少六種能刺激此部位的分子濃度影響。
(3)受到其他能控制活動持續的時間分子濃度影響。
(4)相關受體的密度與可得性的影響。

因此，大腦某個部位上的活化可能是許多機制下的產物，每種機制都可能產生獨特的心理狀態。

因某個事件而引起的大腦和特定心理狀態，它們之間並沒有確切的關係，原因如下：假設每種讓大腦產生不同狀態的事件，稱為「E」（Event，事件）。當E加諸於平常的大腦時，會產生不同的情形，稱為「U」（Usual，平常）。當E與U結合後會產生某種關聯，稱為「A」（Association，關聯），這種關聯因人而異。雖然雙胞胎同時看著悲傷的電視橋段，但他們的大腦活動卻不相同。

科學家測量的大腦狀態是E、U、A的結合，我稱為「大腦狀態F」（Final，最終）。或許我們能測量一百個實驗對象的「大腦狀態F」。但每種F是由不同的U與A混合而成。一百個人就會產生一百種不同的結合。因此，要準確預測個人的思想、感覺、行為或狀態F十分困難。人類的自由意志仍舊是無法預測！

最後一項挫折是，由於事件發生的背景不同，因此狀態F之後的反應也因人而異。科學家與社會大眾都想知道，每個人在真實世界裡的回應，而非靜靜地躺在核磁共振造影儀那狹小圓桶中的反應。

假設某個人看見地上有一張一百美元的鈔票，他對百元大鈔的反應，可能取決於事件發生時的場合，而有不同的動作：他是獨自一人在停車場看見，還是與朋友在晚宴上看見，或是走在前面的陌生人不小心從口袋掉出來。當一百名實驗對象躺在儀器上，問他們對這種狀況的反應時，應該很難從測量結果瞭解實際的心理狀態。

甚至我們將心理的狀態，限制在因溫暖而產生愉悅感，或因冷漠而產生不舒適兩種刺激下，心理評斷與大腦之間還是無法出現完美的關係。人在評斷愉悅還是討厭時，有百分之七十一的機率與血液流向神經元的模式一致。但當兩種刺激（愉悅與討厭）同時發生，則一致性會降低許多。

許多想成為科學家的年輕人，願意花十年或更久的時間只為了樂趣，以及得到在大學、醫院、私人企業或公家機關實驗室中令人稱羨的地位。然而，當他們被告知即將發放酬金，但卻延遲9.5秒（從4秒變成13.5秒）才實際給予報酬，流向調節報酬樂趣部位的血液立即減少。

假設血流量的證據可證明人類延緩喜悅的情形，那麼我們將無法瞭解他們這些年的堅持究竟為何。換言之，推斷人類在自然情境下的行為與感覺，與大腦對於報酬與喜悅的解讀似乎截然不同。記住，許多對於人性提出睿智見解的評論家已經提過，人的樂趣在於追求的過程，而非目標的達成。

心理學、精神病學與神經科學已出現過多的結論，研究人員卻傾向以單一意義解讀大腦或行為的測量結果，然而這些狀況可能是由至少一種原因引所起，也就是說擁有不同的意義。

人體產生疲勞可能有許多原因，我們必須知道這種狀態是否伴隨喉嚨痛、發燒或病毒感染的症狀，才能正確判斷疲勞的真正原因。相同的，當測量血流量發現杏仁核活動增加時，是無法確定這種狀況的原因究竟是人體遭到電擊，還是無預警的看到色情圖片，這種狀況在心跳緩慢，平常不會產生強烈情緒的人體身上尤其明顯。

值得注意的是，當自然科學家發現兩件事情之間有所關聯，如A緊接在B之後發生，他們通常會盡力找出可能引起B的各種狀況。當某個團隊的遺傳學家發現以X光照射果蠅會產生基因突變，造成結構改變，其他生物學家不會停止尋找其他可能產生突變的原因。

研究人員發現肥胖是罹患心臟病的主因之後，其他人還是會持續尋找可能造成心臟病的其他原因。反觀這個領域的研究，我們很難從刺激、大腦特性與行為間找到一種確切關係，如果真能找到，只能說那個研究團隊十分幸運，因此可以理解，為什麼許多研究人員不願繼續尋找其他能造成相同結果的條件。

再者，隨後的研究可能會降低原始理論發現的重要性。為了保護有利的推論，而對任何反駁都視而不見的作法，會阻礙科學上的進展。如果能在生活經驗、大腦與心智之間找到任何關聯，並列出引起特定心理結果的各種事件與大腦狀態，就能藉此找出原始觀察中是否有任何瑕疵。

創造新詞彙

現在應該是神經科學家為大腦各種模式創造字彙的時候了，而非只是從心理學範疇借用和情緒、行為或思想有關的專有名詞。舉例來說，許多研究人員稱實驗對象看到蛇的大腦模式為「恐懼」；看到骯髒廁所時所伴隨而來的大腦模式為「噁心」。然而，恐懼與噁心對形容一個人的心理狀態十分恰當，但卻無法適當描述大腦的狀態。

相對的，當位於不同部位的神經元群發出相同頻率時，神經科學家稱這種情況為「統一」。這種對大腦的名詞並不適用於個人。只有人才能感覺得到噁心；只有神經元群才能出現「統一」的現象。

科學史家孔恩（Thomas Kuhn）提出一個絕佳例子。法文中的「doux」可表示蜂蜜的味道、柔軟的觸感以及溫和口感的湯汁。英文中的「sweet」同樣可表示蜂蜜的味道與柔軟的觸感，但這個字也可形容運動場上的勝利，以及網球拍中間的部分，但不可用來代表溫和口感的湯汁。因此「doux」與「sweet」並非是百分之百的同義詞。相同的，當大腦看見蛇的圖片所引起的「恐懼」，以及某個人表示看到蛇時會產生「恐懼」感的意義有所差距。

新一代神經科學家最大的挑戰，就是找出與生理機能相關的詞彙，能確切形容某些刺激引起的大腦活動模式。我重新詮釋積極提倡生物演化理論的賀胥黎（Thomas Huxley）的想法，傳達這項討論重點。以往的神經科學家曾擁有美麗的夢想，他們相信有一天一定能將心理學形容想法、想像、感覺與慾望的描述，轉換成只包含神經元、分子等物理或化學屬性的文字，但卻被一連串殘酷的事實所摧毀。

刺激大腦某個部位後，會引起一連串過程，最後才會產生某些心理狀態與行為。沒有研究人員在檢查大腦構造後，就能猜出它負責哪種功能。神經元群這種偽裝功能的特質，主要在於它需要相關部位的配合，才能讓某些作用或功能確實發生。

舉例來說，卵子最主要的功能為與精子結合，成為胚胎。但要達成這種目的需要精子以及陰道、子宮的特殊化學環境的配合。人類心臟肌肉的主要功能為將富含氧氣的血液帶往身體各部位。相同的，這項功能如果少了帶有血紅素的血球，以及能輸送血液的封閉式血管，兩者的配合就無法完成。每種想法、感覺與行動都需要幾個大腦部位以及不同時代、環境背景才得以產生。這也是為什麼至今仍無法理解刺激哪個神經元群，會發生何種心理現象。

當卻斯與湯瑪士提出九種氣質偏差時，這些問題還未被有系統的提出。這些疑問簡單來說，是過去50年來此領域發展的最佳實證。有句古老的瑞典諺語指出，時間是給辛勤工作的科學家最好的禮物。這句話是這麼說的，「持續到下午，你就能知道早上所不知的事情。」

由於對人類的氣質感興趣，進而產生對感覺和情緒更廣泛研究的動機，這兩種領域比行為更難以用儀器測量。情緒有如負責動植物外觀，無法以肉眼觀察的分子結構，唯有新科技的發明才有可能將它量化。未來研究將讓心理學家、精神病學家與大眾，更重視個人私底下的感覺。

目前的器材還不夠靈敏，無法正確得知各種意識控制的感覺，以及這些感覺出現時，大腦處於何種狀態。以後的研究人員應該有能力可以偵測大腦活動的基本原則，與人體潛意識無法描述的部分。一旦成功發展出檢驗方式，將可更深層瞭解人類情緒的各種面向，以及長期困擾我們的焦慮、憂鬱、上癮、冷漠以及認知缺陷。

70：腹側被蓋區（ventral tegmentum）。位於中腦的神經元，可分泌多巴胺，並將這種分子傳送至大腦的其他部位。

71：表徵遺傳學（epigenetics）。基因的化學結構改變，而非核甘酸重組，引發的原因為環境刺激或個體身體機能改變。但有些改變的確是來自於遺傳。

大寫 BRIEFING PRESS
catch On！知道的書. HC0013
大寫出版官方部落格　WWW.BRIEFINGPRESS.NET

真本性的影響力！最新最震撼的心理學追蹤研究

小心你的「不由自主」：出生90天後就跟定你一輩子的「天生氣質」

The Temperamental Thread：How Genes, Culture, Time and Luck Make Us Who We Are by Jerome Kagan
Published by arrangement with The Dana Foundation Through the Chinese Connection Agency, a division of The Yao Enterprises, LLC.

著者｜傑若米・凱根
譯者｜許瀞予
封面設計｜Javick 工作室
行銷企畫｜郭其彬、王綬晨、邱紹溢、呂依緻　大寫出版編輯室｜鄭俊平、夏于翔
發行人｜蘇拾平

出版者 ｜大寫出版
台北市中正區重慶南路一段121號5樓之12
電話：(02)23113678 傳真：(02)23113635
發行｜大雁文化事業股份有限公司
台北市中正區重慶南路一段121號5樓之10
24小時傳真服務：(02)23755637
讀者服務電郵信箱 andbooks@andbooks.com.tw
劃撥帳號：19983379
戶名：大雁文化事業股份有限公司
香港發行｜大雁(香港)出版基地. 里人文化
地址：香港荃灣橫龍街78號, 正好工業大廈25樓A室
電話：852-24192288 傳真：852-24191887
電郵信箱：anyone@biznetvigator.com

初版一刷 2011年6月　定價 280元　ISBN 978-986-6316-31-9

國家圖書館預行編目資料
真本性的影響力！最新最震撼的心理學追蹤研究

傑若米・凱根（Jerome Kagan）／著
許瀞予／譯
台北市，大寫出版｜大雁文化發行(Catch-on！ HC0013)
譯自：The Temperamental Thread：How Genes, Culture, Time and Luck Make Us Who We Are
ISBN 978-986-6316-31-9
1.氣質
173.73　　100010594